어느 날 색깔이 사라졌다

.

어느 날
색깔이
사라졌다

이와 조지프코비치 글 | 장혜진 옮김

봄의정원

차례

악몽

남자는 난데없이 나타났다. 남자는 연기 속에 서 있었다. 처음엔 그저 그림자일 뿐, 회색 연기 속 검게 번진 얼룩에 지나지 않았다. 하지만 가까이 다가올수록 점차 거대해지고 뚜렷해졌다. 내 심장이 쿵쿵 뛰었다. 남자가 내게 소리를 질렀다. 소리는 기괴하게 메아리치며 내 귀에서 팅겨져 나갔다. 남자가 긴 팔을 뻗었다. 남자는 이제 코앞까지 다가와 냄새까지 전해졌다. 땀과 고무 타는 냄새가 섞여 있었다. 남자가 몸을 수그렸다…….

3:05 a.m.

야광 숫자가 어둠 속에서 나를 빤히 바라보았다. 나무 블라인드 널 사이로 가로등 불빛이 스며들었다. 고요했다. 남자는 가고 없었다. 악몽이었다. 하지만 내 마음속 깊은 어딘

7

가에선 단순히 악몽이 아니란 걸 알고 있었다.

그날 아침 나는 마일로가 마당에서 안 들어오려고 버티는 바람에 준비가 늦었다. 마일로는 미치광이처럼 이리저리 뛰어다니며 들쥐 한 마리를 쫓고 있었다. 간신히 마일로를 집 안으로 끌어들인 뒤 나는 아침을 조금 먹으며 단짝 친구인 루를 기다렸다. 아빠는 식탁 위에 쪽지를 남기고 이미 출근한 뒤였다.

디지, 학교 끝나고 보자. 좋은 하루 보내렴. X(포옹을 나타내는 문자 메시지 표시─옮긴이)

루는 학교까지 서두르지 않아도 되도록 보통 8시 45분에 도착했다. 하지만 오늘은 8시 50분이 돼 가는데도 나타나지 않았다. 늦어서 혼자 가기로 했나. 더는 기다릴 수 없었다.

나는 집 밖으로 나오자마자 달리기 시작했다. 쿵쿵 심장 박동에 맞추어 두 발이 보도블록을 박찼다. 걸리버길 양쪽의 집들이 휙휙 스치며 흔들리고 가을 아침 공기가 귓속을 날카롭게 할퀴었다. 버스 정류소에 옹기종기 모인 사람들의 무리가 잿빛으로 홱 스쳐 가고 흑백의 사무실, 은행, 자동차들이 한 줄기로 잇달아 흘렀다.

나는 달리고 달려 결승점인 교문에 도착한 뒤 난간에 팔을 기댔다. 당장이라도 가슴이 터질 것 같았다. 시작종은 이미 울렸다. 늘 가방을 헐렁하게 늘어뜨리고 블레이저 소매를 걷어 올린 채 어슬렁대던 고등학생 무리조차 안으로 사라지고 없었다. 나는 텅 빈 현관으로 걸어 들어갔다.

루가 사물함 옆에 서서 우리 집에 왜 안 왔는지는 한마디 말도 없이 나를 못마땅한 눈길로 힐끔거렸다. 이런 눈길은 지난 몇 주에 걸쳐 익숙해져 있었다. 8학년이 된 이후 루는 옷에서부터 헤어스타일, 음악, 어떤 친구를 사귀어야 하는지까지 사사건건 가르치려 들었다.

"넌 왜 그렇게 맨날 모든 게 아슬아슬해? 그리고 이 꼴 좀 봐. 치마에 그 얼룩은 또 뭐래?"

루가 고개를 절레절레 흔들었다. 난 못 들은 척했다. 그러는 루의 치마는 짧아도 너무 짧았지만 난 단 한 번도 뭐라 하지 않았다. 루는 요즘 들어 앙상한 무릎이 다 드러나도록 치마를 추켜올리고 다녔다. 루의 새 스타일인데, 고데기로 쭉 편 머리와 두껍게 뭉갠 아이라인까지 한 세트였다.

"뭐 해, 이지? 서둘러!"

어째서 학교 오는 길에 전화 한 통 안 했는지 물을 틈도 없이 루는 휙 돌아서서 우리 반 교실 쪽으로 사라져 갔다. 나는 우두커니 서서 지금이라도 루가 뒤를 돌아 기다려 주지 않을까 생각했다. 그런 일은 일어나지 않았다.

"이지, 아직까지 여기서 뭐 해? 복도에서 멍때리니? 벌써 9시 5분이 넘었어. 빨리 들어가."

매켄지 담임 선생님의 목소리에는 짜증이 묻어 있었다.

1, 2교시는 수학 시간이었다. 수학 담당인 코루나 선생님은 평소처럼 명한 얼굴로 교실 앞을 왔다 갔다 했다. 선생님은 상상 속 어딘가 훨씬 좋은 곳에 가 있는 듯했다. 나는 코루나 선생님이 무척 좋았다. 늘 잘 가르친다곤 할 수 없지만 친절하고 재미있었다.

오늘따라 수학 교실은 끔찍하게 더웠고, 조나와 데이브가 구석에서 키득대고 있었다. 녀석들이 장난으로 라디에이터 온도를 높인 게 뻔했다. 딱 녀석들이 신나 할 만한 짓이었다.

툭, 누군가 바닥에 책을 떨어뜨리자 코루나 선생님이 현실로 돌아왔다. 선생님은 x값에 대해 설명을 시작했다. 그러나 후끈한 열기와 대수학을 향한 나의 무관심으로 인해 손가락에서 힘이 풀리며 펜이 미끄러졌고 눈꺼풀은 점점 무거워졌다. 나는 손으로 머리를 떠받친 채 손가락뼈로 눈꺼풀을 눌렀다. 힘껏 누르면 깨어 있을 수 있지 않을까 하는 기대였다. 온 힘을 다해 애썼지만 나는 둥둥 떠다니고 있었다. 형체가 나타났다. 소용돌이치는 연기 속에서 그림자가 깜빡거렸다. 순간 명치에서 끔찍하고도 스멀스멀한 느낌이 올라왔다.

"이지! 야, 선생님이 눈치채겠어. 말도 안 돼. 잔 거야? 대체 왜 그래?"

루가 쿡 찌르는 바람에 화들짝 정신이 들었다.

"나도 몰라…… 루?"

"왜?"

루가 눈을 치뜨며 짜증스러운 표정을 지었지만 나는 계속했다. 누군가에겐 말해야 했다.

코루나 선생님이 뒤를 돌아 칠판에 필기를 하는 동안 나는 작은 목소리로 말했다.

"어젯밤에 진짜 무시무시한 꿈을 꿨어. 다시는 생각하기도 싫은 꿈이야. 어떤 남자가 나왔는데…… 그림자 인간이었어. 온통 검은색이라서 얼굴이고 뭐고 하나도 안 보였는데 자욱한 연기 속에서 나한테 막 소리를 지르는 거야. 무서워서 죽을 뻔했어."

깜짝 놀랄 줄 알았던 루는 다시 눈을 치떴다. 미니어처 깃털 부채 같은 속눈썹에 달라붙은 마스카라 부스러기가 보였다.

루가 낮은 소리로 대꾸했다.

"뭐라는 거야? 하여간 이상해. 너, 진짜 달라졌어. 그 일이……."

루가 말끝을 흐리다가 그래도 예의란 걸 다 잊진 않았는지 잠시 미안한 표정을 짓고는 다시 방정식을 풀기 시작했다.

수업이 끝나고 교실을 걸어 나가는데 코루나 선생님이 다정하게 내 팔을 두드렸다.

"이지, 그 일은 나도 참 마음이 아프구나. 내가 학년 부장이니까 힘이 될 만한 일이라면 뭐든지 도울게. 숙제나 뭐 다른 일이라도 도움이 필요하면 언제든 찾아오렴. 또 당연히 알겠지만 상담 선생님도 계시니까 약속을 잡고 싶으면……."

"괜찮아요."

나는 불쑥 퉁명스럽게 대꾸해 놓고 바로 마음이 불편해졌다. 선생님의 말이 진심이란 걸 나도 잘 알고 있었다.

"감사합니다."

겨우 마음을 추스르고 어기적어기적 교실을 빠져나왔다.

하지만 난 괜찮지 않았다. 마지막 수업을 들으러 우리 반 교실로 돌아왔을 때였다. 늘 루가 앉던 내 옆자리에 꼬질이 프랭크가 앉아 있었다. 어두운 앞머리가 눈을 덮고 있지만 내 시선을 피하고 있다는 걸 알 수 있었다.

"네가 왜 여기 있어?"

"자리를 바꾸자고 해서……. 난, 난 아무래도 상관없다고 했더니."

프랭크가 루 쪽을 힐끗대며 말을 더듬었다. 루는 교실 앞쪽의 제미마 옆자리에 앉아 있었다. 프랭크는 여전히 내 눈을 피하며 앞머리를 쓸어 넘기고는 바닥에 떨어진 볼펜을 오래오래 주웠다.

충격이 파도처럼 나를 덮쳤다. 루 역시 나를 보지 않으려고 조심하고 있었지만 다 보였다. 루의 행동이 무슨 뜻인지 내가 막 알아챘다는 걸 루도 알았다. 루와 제미마는 고개를 숙인 채 키득대며 루의 아이패드를 들여다봤다.

나는 의자 끄트머리에 걸터앉았다. 당연히 장난이겠지? 짓궂은 장난. 이제 곧 루는 어쩜 그렇게 잘 속아 넘어가느냐며 깔깔거릴 테지. 하지만 수업 시작종이 울려도 루는 꿈짝하지 않았다.

매켄지 담임 선생님에게 말해 볼까 생각했지만 선생님은 조용히 할 일만 하면 누가 어디에 앉든 신경도 안 썼다. 누가 조금이라도 귀찮게 할라치면 대단한 유명인이라도 되는 양 매번 다른 중요한 일이 태산이라고 했다. 학기 초에 나는 길버튼 선생님이 다시 담임이 되길 바랐지만 선생님은 7학년을 맡았다. 아이들과 함께 있는 길버튼 선생님의 모습을 떠올려 봤다. 직접 만든 원피스를 입고 아이들에게 목소리를 달리해 가며 〈늙은 선원의 노래〉(시인 새뮤얼 콜리지의 장편시 – 옮긴이)를 읽어 주고 있겠지. 길버튼 선생님이 이 자리에 있었다면 무슨 일이 있다는 걸 곧바로 눈치채고 나와 루에게 방과 후에 얘기 좀 하자고 했을 거다. 선생님은 언제나 소란 피우지 않고 조용히 문제 해결을 도왔다.

그러나 눈앞에는 매켄지 선생님과 오행시뿐이었고 나는 좀처럼 집중할 수가 없었다.

슬픈 일이었다. 난 오행시를 무척 좋아했다. 오행시는 내가 제일 좋아하는 시 형태였다. 한번은 양동이 안에 사는 남자에 대한 멋진 오행시를 써서 아빠에게 선물한 적도 있다. 아빠는 몇 주 만에 처음으로 껄껄 웃음을 터뜨렸고 난 잭팟을 터뜨린 기분이었다. 하지만 오늘 내 마음은 두 가지가 꽉 들어차서 다른 일은 끼어들 틈이 없었다. 첫 번째는 악몽 속의 남자 그리고 두 번째는 루. 우리는 유치원 때부터 친구였다. 루가 날 떠날 리 없다. 안 그래?

엄마

난 최대한 빨리 학교를 벗어났다. 평소에는 루와 함께 걸었지만 아까 일이 있고 난 뒤 루를 피하고 싶은 마음이 간절했다. 하도 빨리 걷는 바람에 하마터면 지하철역으로 향하는 7학년 아이들과 부딪칠 뻔했다.

"이지?"

젠장. 루의 엄마, 셸리 아줌마였다. 맞다. 오늘은 월요일이고 아줌마가 루를 수영 강습에 데려다주는 날이었다.

"안녕하세요."

"잘 지내니, 이지?"

걱정스러운 얼굴로 아줌마가 물었다. 새삼 아줌마와 루가 정말 안 닮았다는 생각이 들었다. 아줌마는 모든 가장자리가 둥글둥글한 반면 루는 깡마르고 각이 져 있었다. 난 셸리 아줌마가 좋았다. 아줌마는 최악의 상황도 괜찮아질 것처럼 느끼게 해 주는 그런 엄마였다.

"괜찮, 괜찮아요. 제가 좀 바빠서요……. 그럼 이만……."

내가 웅얼거렸다.

그런데도 아줌마는 내게서 눈을 떼지 않았고, 그 눈빛이 점점 나를 뚫어 버릴 듯 느껴졌다.

"우리 집에 놀러 온 지 너무 오래됐네. 보고 싶었어. 언제든 환영이란 거 알지?"

당연히 난 환영받지 못한다. 아줌마도 그걸 안다면……. 나는 입술을 달싹이다 무슨 바보짓인가 싶어 도로 닫았다.

"감사합니다. 그냥 많이 바빴어요."

"그래, 그렇겠지. 있잖아, 이런 말 여러 사람한테 듣겠지만 그래도 뭔가 필요한 게 있으면, 뭐라도 괜찮으니까 전화해. 진심이야. 아니면 그냥 루한테 말해도 좋고. 전해 주면 되니까. 그러고 보니…… 루는 어딨니?"

"어, 아직 교실에……."

왜 루를 안 기다렸는지 그럴듯한 변명거리를 찾으며 뇌를 쥐어짰지만 소용없었다. 가슴속에서 뜨거운 열기가 훅 올라오더니 별안간 셸리 아줌마 앞에 서 있는 게 견딜 수 없이 힘들어졌다. 곁눈으로 루와 제미마가 루의 이어폰을 한쪽씩 나눠 끼고 뭔가를 들으며 오는 모습이 보였다.

"저 갈게요."

나는 아줌마가 대답할 틈도 주지 않고 자리를 떴다.

걸리버길 모퉁이에서 멈춰 섰다. 루와 제미마의 시야를 벗어난 곳이었다. 나는 어느 집 담벼락에 기대어 숨을 몰아쉬었다. 나도 모르게 뒤를 돌아보았다. 셸리 아줌마가 루와 제미마를 따라잡으려고 뒤에서 종종걸음 치는 모습이 보였다. 루가 아무 말 하지 않은 게 분명했다. 아줌마는 오늘 아침의 나처럼 아무것도 모르는 것 같았다. 루는 어느 한순간 갑자기 나와 절교하겠다고 마음먹은 게 아닐 거다. 틀림없이 오랫동안 생각했을 거다. 나는 다시 걸었다.

레이븐스길로 접어들어서야 내가 어디로 가고 있는지 깨달았다. 이쪽으로 오려 한 건 아니었는데 어쩌다 보니 발걸음이 버스 정류소 방향으로 향했다. 곧이어 11번 버스가 왔다. 마치 내가 기다리는 걸 운전사가 알기라도 한 것처럼. 무슨 징조일까?

고등학생 몇 명이 나와 동시에 탔지만 다행히 내가 제일 좋아하는 두 자리 가운데 하나는 비어 있었다. 이 층 맨 앞자리였다. 어렸을 때 엄마는 늘 나를 이 자리에 앉혔다. 전망도 좋고 버스 운전도 흉내 낼 수 있기 때문이었다.

"나무 조심해."

상상의 운전대를 잡은 내 앞으로 잎이 무성한 나무가 다가올 때면 엄마는 겁에 질린 척 눈을 질끈 감고 말했다.

"휴, 가까스로 피했네."

엄마의 목소리가 너무 생생해서 눈을 감으면 꼭 그 자리에 있는 것 같았다. 엄마의 향수 냄새와 나를 안으려고 몸을 숙일 때 팔을 간질이던 엄마의 머리카락이 느껴졌다.

운전사가 브레이크를 밟는 바람에 와락 몸이 앞으로 쏠리며 그 순간은 깨져 버렸다. 나는 자리를 옮겼다. 기억을 견디기 힘들었다. 남자 고등학생 한 명이 나를 이상한 눈으로 바라봤지만 신경 쓰지 않았다.

병원 주차장에 도착할 즈음엔 비가 내리기 시작했다. 나는 고운 안개처럼 자욱한 빗속을 뚫고 현관으로 향했다. 안개비가 모든 것의 윤곽을 부드럽게 하고 배 속의 스멀스멀한 느낌을 가라앉혀 주었다.

가는 길은 알고 있었다. 아빠는 내가 외할머니나 다른 사람과 함께 올 때 쉽게 찾아올 수 있게 길을 외우게 했다. "엘리베이터를 타고 이 층에서 내린 다음 빨간 화살표를 따라 C 병동으로 가."라고 설명을 두 번 반복하고 내게 미소를 지었다. 하지만 미소가 눈까지 번지지는 않았다.

어제는 아빠가 곁에 있는데도 얼마 못 갔다. 아니, 어쩌면 아빠가 곁에 있었기 때문일지도 모른다. 오늘은 나아질 거다. 적어도 병실 안으로 들어가서 볼 것이다. 봐야만 한다.

아빠와 함께 안 오면 들어갈 수 없다고 할까 봐 잠시 걱정이 됐다. 하지만 안내 데스크의 간호사는 나를 알아보고 엘리베이터를 향해 고개를 까닥했다.

그게 다였다. 되돌려 보내지 않았다. 먼저 엘리베이터를 타고 다음엔 빨간 화살표. 나는 두근거림을 진정시키려고 가슴에 한 손을 얹고 C병동 바로 옆 작은 병실 손잡이를 돌렸다.

거기에 시트로 몸을 덮은 채 미동도 없는 창백한 엄마가 있었다. 엄마였다. 당연히 엄마였다. 하지만 여러 면에서 전혀 엄마가 아니었다. 나는 용기를 내 가까이 갔다. 한 걸음, 또 한 걸음. 시트 밖으로 나온 엄마의 오른팔에는 관들이 꽂혀 있었다. 다른 팔, 그러니까 다친 팔은 조심스럽게 가려 놓았다. 의사는 아빠에게 엄마가 혼수상태에서 언제 깨어날지는 확신할 수 없다고 했다. 치료가 어떻게 돼 가느냐에 달렸지만 몇 주 안에 깨어나길 바라고 있으며 당장은 기다리는 것 외엔 방법이 없다고 했다.

엄마의 머리카락은 아주 바짝 깎여 있었다. 왠지 만져 보고 싶었다. 부드러운 스웨이드 같았다. 엄마의 진갈색 긴 웨이브 머리가 이런 꼴이 되다니 화가 날 줄 알았다. 하지만 화가 나지 않고 명치에 끔찍한 스멀거림이 밀려들었다. 내가 저지른 일이었다. 모두 내 잘못이었다. 내가 엄마를 이렇게 만들었다.

5주 하고도 3일이 지났지만 엄마의 왼쪽 볼과 이마에는 멍이 남았다. 여러 음영의 노란색과 초록색 멍이었다.

눈으로 멍의 가장자리를 따라갔다. 멍 자국은 엄마의 관자놀이 피부 아래에서 가느다란 혈관들을 만났다.

"미안해."

나도 모르게 말이 입 밖으로 튀어나왔다.

엄마를 만지려고 손을 뻗었지만 닿으려는 순간 획 거둬들였다. 두려웠다. 따뜻하게 꼭 안아 주던 평소의 엄마와 전혀 다른 차갑고 생기 없는 몸이 느껴질까 봐.

나는 회색 플라스틱 의자에 앉아 엄마에게 말을 걸었다. 그 일이 일어난 뒤 처음이었다.

"나, 엄마가 없어서 끔찍한 시간을 보내고 있어. 우리 다 그래. 엄마, 루가 이상하게 굴어. 이제 나랑 절교하려나 봐. 내가 변했대. 그러니까…… 그때 이후로. 난 아닌 것 같은데. 진짜 그런가?"

하루 종일 있었던 일들과 다른 일들까지 몽땅 쏟아져 나왔다. 엄마에게 악몽을 꾼 얘기, 루가 내 옷을 놀린 얘기, 자리를 바꾼 일까지 얘기했다.

난 눈을 감고 소원을 빌었다. 눈을 뜨면 엄마가 침대에서 몸을 돌려 나를 향해 웃으며 루 일은 걱정하지 말라고, 다 괜찮아질 거라고 말해 주길 간절히 바랐다. 하지만 엄마는 그러지 않았다. 엄마는 미동도 없이 고요히 누워 있었다. 들리는 것이라곤 화면에 지그재그 선을 그리는 심전도계 모니터에서 이따금 울리는 삐 소리뿐이었다. 텔레비전에서 이런 걸본 적 있지만 엄마에게 연결된 이 기계는 비현실적으로 다가왔다. 삐삐 소리는 머릿속에서 점점 커졌고 내 두 발은 급히병실 밖으로 향했다.

"미안해."

다시 속삭였지만 아무도 듣지 못했다.

백조

집 앞 도로에 접어들어서도 기계음은 여전히 머릿속에서 삐삐 메아리쳤다. 그리고 내가 그 소리를 두려워하고 있다는 걸 깨달았다. 삐 소리는 살아 있다는 걸 의미한다. 두려워하는 게 이상한 일이다. 어쩌면 난 그 소리가 멈출까 봐 두려운 건지도 모르겠다. 그러면 정말 큰일이니까. 삐 소리는 쭉 따라왔다. 나는 소리를 쫓아 버리려고 손으로 귀를 막았다. 그런 채로 내내 길을 따라 걸었지만 소리는 집요하고 요란하게 계속됐다.

소리가 멈춘 것은 우리 집 건너편에 누군가가 보였을 때였다. 자그마한 사람의 윤곽이었다. 처음엔 누군가 의자에 앉아 있는 줄 알았다. 길 한가운데에서 무슨 이상한 짓인가 싶었지만 가까이 다가가 보니 휠체어였다.

휠체어에는 금발의 내 또래 남자아이가 앉아 있었다. 동그란 안경이 들창코 위에 반듯하게 놓여 있었다. 남자아이는 활짝 웃으며 손을 흔들었다. 갑작스러웠다. 몹시 희한한 일이었다. 모르는 사람끼리는 손을 흔들지 않는 법이다. 무례하게 굴 순 없어서 나도 같이 손을 흔들었다.

"안녕?"

대화가 가능한 거리만큼 다가가자 남자아이가 인사했다. 그리고 미소를 지어 보였다. 알 수 없는 미소였다.

"안녕."

"머리 아파?"

"뭐?"

"손을 머리에 대고 걷는 것 같아서……."

"아, 그래. 아니, 아니야."

아이는 고개를 끄덕이고는 물었다.

"바빠?"

바쁘지. 물론 바쁘지. 난 늘 바쁘니까. 그런데 놀랍게도 난 이렇게 말하고 있었다.

"아니, 별로……."

"내가 뭐 보여 줄까?"

"좋아."

"강둑 근처에 있어."

저물어 가는 햇살이 안경에 반사돼 아이의 얼굴에 빛을 드리웠다. 아이의 표정을 읽을 수가 없었다.

나는 물었다.

"강아지 데려가도 돼?"

"어, 그럼."

아이가 기다리는 동안 나는 문을 열었다. 마일로가 신이
나서 미친 듯이 빨리 집 밖으로 달려 나왔다. 그런데 여느 때
처럼 내게 뛰어들지 않고 곧장 새 친구의 무릎 위로 올라갔
다.

"어, 어."

"내려와, 마일로. 내려와. 미안. 정말 미안해. 세상에서 제
일 버릇없는 닥스훈트네!"

하지만 어떻게 한 건지 아이는 휠체어 균형을 잃지 않으면
서도 마일로를 진정시켰다. 그리고 얼마 지나지 않아 마일로
의 머리를 쓰다듬으며 바닥에 다시 내려놓았다. 마일로는 새
친구의 주위를 뱅글뱅글 뛰어다녔다.

우리는 라흐만 아저씨 집과 우리 집 사이의 좁은 통로를
지나 강둑으로 향했다. 처음엔 평평하게 포장된 길이어서 휠
체어를 운전하기 수월했다. 하지만 이내 돌이 잔뜩 박힌 진
흙탕으로 바뀌었고 휠체어 바퀴를 돌릴 때마다 아이가 미끄
러져 떨어질 것 같았다. 몇 번이나 도우려고 내 손이 휙 날아
갔지만 아이는 매번 나보다 빨랐다. 아이가 몸을 지탱하는

방식에는 놀라운 무언가가 있다는 걸 알 수 있었다. 아이의 팔은 믿기 힘들 만큼 튼튼해 보였다. 돌에 걸리거나 미끄러져 휠체어가 요동칠 때마다 아이의 두 팔은 바로 중심을 잡아 다시 안정감 있게 앞으로 나아가게 했다.

강가에 이르러서야 아이는 휠체어를 멈추고 몸을 돌려 나를 향해 환히 웃었다. 마일로와 나는 몇 미터 뒤에서 진흙탕을 통과하느라 버둥대고 있었다. 봄 이후로는 와 보지 않아서 이곳이 얼마나 습하고 질척거리는지 잊고 있었다. 한 걸음, 한 걸음 뗄 때마다 힘을 써야 했다.

"어쨌거나, 난 토비야. 32번지에 이사 왔어."

"난 이지. 버려진 집으로 이사 왔다고?"

"어, 지난주에. 알다시피 안은 진짜 엉망진창이야. 대부분 다 바꿔야 해. 엄마가 그 집 말고는 계약할 수 있는 게 없었대. 월세가 정말 싸니까. 그래도 난 마음에 들어. 계속 살았으면 좋겠어."

"계속 못 살 이유라도 있어?"

"엄마가 정규직을 구할 수 있을지 봐야 하니까. 그래서 아직 학교에 전학 신청도 안 했어. 당분간은 엄마가 집에서 날 가르친대."

"그 집엔 아무도 안 살았어. 맨슨 할아버지가 돌아가……."

나는 말을 하다 말고 입을 꾹 다물었다. 토비가 그런 것까지 알 필요는 없었다. 내가 그 집에 산다 해도 알고 싶지 않았을 거다.

그런데 토비는 내 말을 안 듣고 있었다. 토비는 강 한가운데 무언가를 응시하며 손가락을 입술에 가져다 댔다.

"조용히 하고 저길 좀 봐."

빽빽한 풀숲을 비집으며 토비가 앞을 가리켰다.

처음엔 뭘 보라는 건지 알 수 없었다. 나는 탁한 강물과 군데군데 모여 자라는 연초록색 물풀을 눈으로 훑었다. 옅은 안개가 강을 획 가로지르자 목덜미의 털이 곤두섰다.

"자세히 봐. 저기."

나는 강둑 저편을 쳐다보았다. 물살은 빠르지만 강폭이 넓진 않았다. 오후의 마지막 햇살이 반짝이는 가운데 수면 위로 불쑥 튀어나온 나뭇잎과 잔가지들이 눈에 들어왔다. 그리고 그것들이 보였다. 뽕나무 아래쪽에서 삐죽 솟은 가지 위에 주변과 전혀 어울리지 않은 회색 새끼 백조 한 무리가 산들바람에 깃털을 떨며 어미 곁에 옹기종기 모여 있었다. 백조들의 모습에는 몹시 연약한 무언가가 있어서 나도 모르게 숨을 죽였다.

"벌써 태어난 지 두어 달 된 것들이야. 몸집하고 부드러운 깃털을 보면 알 수 있어. 아빠 백조는 어디 있는지 모르겠네. 한 번도 못 봤어. 잘 봐. 무리를 잘 못 쫓아다니는 작은 녀석이 한 마리 있어. 다른 녀석들 뒤에 숨어 있어서 잘 안 보일 수도 있는데 머리 깃털이 웃기게 삐죽삐죽 솟아 있어서 눈에 띌 거야. 그래서 난 녀석을 스파이크(뾰족한 못이나 말뚝 모양 – 옮긴이)라고 불러."

나는 뽕나무 가까이 다가갔다. 마일로가 물에 뛰어들고 싶어 안달을 부리며 목줄을 당겼다. 나는 마일로에게 가만히 있으라고 손짓했다. 새끼 백조들은 모두 어미 주변에 옹기종기 모여 따뜻하고 안전하게 헤엄치고 있었다. 색깔도 몸집도 비슷비슷한 백조들을 네 마리까지 세었을 때 그 녀석이 보였다. 방금 물 위를 스친 나뭇가지 두 개 사이에 스파이크가 있었다. 스파이크의 머리는 익살맞게 한쪽으로 기울어져 있었다. 농담을 던진 뒤 청중의 반응을 기다리는 노인이 떠올랐다. 다른 새끼 백조들은 어미의 관심을 차지하려 애쓰느라 스파이크 따위는 안중에도 없었다.

"백조들 아름답다."

"맞아."

"그런데 스파이크는 곧 부서질 것 같아."

"저 녀석들 부화를 늦게 한 것 같아. 보통은 여름에 더 일찍 오거든. 날씨가 추워질수록 먹이 구하기가 힘들어질 거야. 우리가 스파이크를 도와줘야 할 것 같아. 다른 녀석들이 먹이를 못 빼앗아 먹게."

토비가 '우리'라고 말하는 게 참 좋았다. 우리 둘과 마일로가 벌써 한 팀인 느낌이었다. 스파이크에게도 바로 유대감이 느껴졌다. 바람을 피하는 스파이크는 한없이 작아 보였지만 녀석에겐 뭔가 단호한 것이 있었다. 무리에서 뒤처질 것 같을 때마다 녀석은 조금 더 속력을 내며 헤엄쳤다.

"스파이크 먹이 좀 챙겨서 내일 다시 올까? 가능하면 빨리 먹이를 주기 시작해야 할 것 같은데."

내 말에 휠체어에 앉은 토비의 외투 아래 어깨 근육이 팽팽해지며 자세가 바뀌었다. 토비는 몸을 돌려 나를 봤다. 마치 스파이크를 돌보자는 내 말이 진심인지 확인하려는 듯한 얼굴이었다. 내 표정이 제법 진지해 보였는지 토비가 비밀을 알려 주었다.

"좋아. 녀석들은 한동안 여기서 지낼 거야. 그리고 저쪽에 낡은 밴이 한 대 있거든. 비가 오면 거기로 피하면 돼. 뒷문이 없어서 나도 안으로 들어갈 수 있어. 네가 도와준다면."

토비는 내게 묻는 듯 눈썹을 치켜올렸다.

"어디 있는데?"

"놀이터 뒤쪽 다른 둑에. 가서 볼래?"

날이 어두워지고 있었다. 멀리서 가로등 불빛이 조그맣게 깜빡였다. 집에 가야 한다고 말하려던 순간 호기심이 나를 이겼다. 나는 마일로의 목줄을 당겼다. 마일로와 나는 토비를 따라 곧 무너질 듯한 나무다리를 건넜다. 어렸을 때 줄을 비비 꼬며 타던 그네와 낙서로 뒤덮인 부서진 시소를 지나자, 토비가 놀이터와 황무지를 가르는 덤불을 가리켰다.

"저 뒤쪽으로 가야 해."

토비의 말에 나는 휠체어가 지나갈 수 있을 만큼 나뭇가지가 성긴 공간을 찾았다.

토비의 말이 맞았다. 들판 끄트머리에 밴이 있었다. 태초부터 거기 있었던 것처럼. 세상에서 가장 아무렇지 않은 일처럼. 해가 반쯤 졌지만 녹슨 것이 보였다. 밴 옆면에는 굵은 글씨로 비스듬하게 세 단어가 쓰여 있었다. 첫 단어는 두꺼운 판지가 붙어 있어서 잘 분간이 안 됐지만 나머지 두 단어는 확실했다. 세탁. 서비스.

녹슨 부분들을 계속 바라보고 있으니 점점 친근한 형태로 보였다. 나비, 신발 그리고 왼쪽 뒷바퀴가 있던 자리 바로 위에는 개가 있었다.

"안에는 뭐가 있어?"

내가 안을 들여다보며 물었다. 순간 무언가가 밴 뒤쪽을 쪼르르 가로질렀다. 몸이 부르르 떨렸다.

"그냥 딱정벌레야. 몇 마리 있는 것 같긴 한데 해롭진 않아. 그거 말고는 연장이랑 낡은 매트리스 하나가 다야."

나뭇잎을 헤치고 흙냄새를 맡느라 시간 가는 줄 모르던 마일로가 밴을 발견하자 곧장 안으로 껑충 뛰어들었다.

딱정벌레와 낡은 매트리스가 있어도 이상하게 밴에 마음이 끌렸다. 담요랑 먹을 것만 좀 있으면 바로 아늑해질 것 같았다. 한적한 곳에 숨어 있는 느낌도 좋았다. 진정한 비밀 아지트였다. 토비가 다른 사람에게도 이 밴 이야기를 했을까?

막 물으려는데 갑자기 토비의 주머니에서 윙 진동이 울렸다. 토비가 휴대폰을 꺼냈다.

"우리 엄마. 가야겠어. 너도 갈래?"

"응."

강둑 기슭에 이르렀을 때 토비의 휠체어가 진흙에 빠졌다. 나는 다시 한 번 도와주려고 달려갔지만 도착도 하기 전에 토비는 벌써 빠져나왔다.

집에 가까워질수록 빙글빙글 도는 휠체어 바퀴의 반짝거림과 자박자박 낙엽 위를 디디는 내 발소리에 최면에 걸리듯 마음을 빼앗겼다. 스타킹에 진흙이 튀고 발은 축축하게 젖었다. 엄지발가락 끝은 추위로 무감각했다. 하지만 걷는 내내 따뜻한 감각이 나를 쿡쿡 찔렀다. 몇 주간 느껴 보지 못한 감정이었다. 그리고 현관 뒤로 사라지기 전 토비가 손을 흔드는 짧은 순간, 모든 걱정이 스르르 사라졌다. 엄마도, 루도, 다른 모든 것도.

사라진 노랑

집 안은 조용하고 아무도 없었지만 행복했다. 아빠가 아직 퇴근 전이니까 수학 숙제를 시작하기로 했다. 그러면 아빠가 돌아온 뒤 함께 저녁을 먹고 토비와 백조 얘기를 들려줄 수 있을 테니까.

교복을 갈아입으러 위층으로 올라갔다. 내 방은 청소가 절실했다. 책상 구석에 먼지 뭉치가 보였고 전등 스위치를 올리자 차를 쏟아 생긴 갈색 얼룩이 눈에 들어왔다. 아무리 돼지우리 같은 방이어도 한 부분은 완벽한 상태로 남아 있었는데 바로 침대 머리맡 벽이었다.

내가 평소에 이 벽을 물끄러미 바라보는 걸 즐긴다고 하면 완전히 정신이 나갔다고 생각해도 무리는 아닐 거다. 하지만 중요한 것은 이건 그냥 보통 벽이 아니다. 정반대다. 이 벽에는 색깔과 형태와 질감이 가득하다. 이 벽은 나의 이야기이다. 아직 끝나지 않은 이야기……. 그리고 여러 다른 이유로 내겐 너무나 큰 의미를 지닌다.

내가 네 살 때 엄마는 처음으로 이 벽에 그림을 그리기 시작했다. 그 후로 엄마와 난 늘 함께 벽에 그림을 그렸다. 엄마는 헐렁한 티셔츠와 멜빵바지에 짝짝이 양말을 신고 색을 혼합할 낡은 접시를 든 채 벽 앞에 서 있곤 했다.

"자, 우리 이지 이야기를 또 그려 볼까?"

엄마는 빙긋 웃으며 말하고는 걸리적거리지 않도록 긴 머리를 질끈 묶었다. 엄마는 손에 붓을 들고 그 자리에 서 있을 때가 가장 아름답다고 나는 늘 생각했다.

부산스럽고 좀처럼 가만히 못 있는 나였지만 엄마가 그림 그리는 모습만큼은 한참을 앉아서 보곤 했다. 나는 엄마에게 알맞은 크기의 붓이며 필요한 물감을 건네주었다. 엄마가 말하기 전에 색깔을 맞히는 적도 많았다.

"나 빨리 칠해 줘!"

엄마가 내 모습을 스케치하자마자 나는 소리치곤 했다. 나는 단 몇 분도 회색으로 텅 비어 있는 내 모습을 견디지 못했다. 엄마는 나를 보고 깔깔 웃으며 곧장 칠하기 시작했다. 그런데 툭하면 두 개의 나를 다 칠해 버렸다. 벽화 속의 나와 침대에 책상다리로 앉아 안달을 부리는 나. 무방비 상태로 있다가 콧등 위로 난데없이 파란 물감이 휙 지나가면 난 까르르 웃음을 터뜨렸다.

해를 거듭할수록 엄마의 그림은 점점 커졌다. 사각형으로 칸을 나누어 내 인생에서 중요한 순간들을 하나씩 그렸다. 내가 가장 좋아하는 건 맨 처음 사각형 그림이었다. 그 안에는 병원에서 갓 태어난 나와 엄마와 아빠가 있었다. 커다란 담요로 포근하게 감싼 나를 무릎에 올린 엄마와 곁에서 함박웃음을 짓는 아빠. 보나 마나 난 병동에서 가장 크고 가장 시끄러운 아기였을 거다.

그런데 침대에 쓰러져 그 그림을 보던 중 뭔가가 단단히 잘못됐다는 걸 깨달았다. 노란색. 배 속에서 거미가 빠르게 기어 다니고 내 눈은 달라진 부분을 찾았다. 마치 벽에서 노란 물감이 다 빠져나간 듯 담요의 색깔이 희미했다. 꽃병 속 튤립에서, 병실 한구석에 놓인 조그맣고 앙증맞은 전등갓에서도 노란색이 사라졌다. 그리고 이건 첫 번째 그림일 뿐이었다. 나는 정신없이 벽을 훑었다. 노란색이 보이는 그림은 단 하나도 없었다.

불을 켜고 모든 각도에서 확인했다. 아무것도 달라지지 않았다. 마치 전체 그림을 스텐실(그림의 모양을 오려 낸 후 그 구멍에 물감을 넣어 찍는 기법 – 옮긴이)로 찍어 낸 듯 빛바랜 하얀색이 노란색 자리를 차지하고 있었다. 손가락을 대 보았지만 매끄러운 감촉 외엔 아무것도 느껴지지 않았다. 지난 몇 주

사이에 노란색이 바래 버렸는데 내가 알아채지 못한 걸까? 물론 그럴 수도 있겠지만 그게 있을 수 있는 일인가? 나는 아빠가 퇴근하면 곧장 와서 봐 달라고 부탁하기로 마음먹었다. 계획이 있는 건 언제나 좋은 일이다.

계획을 단단히 머릿속에 새기며 다시 아래층으로 내려가 마일로의 밥그릇에 사료를 주고는 책을 들고 커다란 다이닝 테이블에 앉았다. 사물에 같은 이름을 계속 붙여 놓는 건 이상한 일이다. 이 테이블이 마지막으로 다이닝 용도로 쓰인 것은 함께 식사하는 사람이 아직 우리 셋일 때였다. 암흑의 날 전날이었다. 이제 아빠와 나는 부엌의 테이블에서 식사를 한다. 좁은 공간에 있으면 외로움이 덜한 것 같았다. 블라인드를 내리고 오븐에 음식을 넣으면 온 공간이 우리를 포근한 빛으로 감싸 안았다.

좀처럼 숙제를 시작할 마음은 들지 않고 토비는 무얼 할까 궁금했다. 내 눈은 자꾸 부엌 창을 힐끔거리며 미스터리한 새 이웃의 생활을 보려고 했다.

그때였다. 아빠의 신발과 출근할 때 메고 다니는 배낭이 눈에 들어왔다.

나는 천천히 위층으로 올라가 방문을 두드렸다.

"아빠, 안에 있어? 들어가도 돼?"

안에선 아무 소리도 들리지 않았다. 나는 잠시 숨을 죽이며 문을 열었다. 방 안은 어둡고 답답했다. 벽을 더듬어 전등 스위치를 켰다.

아빠가 출근할 때 옷차림 그대로 이불 위에 누워 있었다. 옆에는 서류가 한 무더기 쌓여 있고 몇 장은 베개 위에 나머지는 바닥에 떨어져 있었다. 나는 침대 끄트머리에 걸터앉아 아빠의 어깨를 잡았다.

"아빠, 일어나! 나 왔어!"

아빠는 눈꺼풀을 파르르 떨더니 고개를 저었다.

"아빠?"

마침내 아빠가 눈을 크게 뜨고 내게 초점을 맞추었다.

"안녕? 괜찮니?"

아빠가 싱긋 웃었다. 그러곤 일어나 앉아 깜깜한 창을 보더니 어리둥절한 얼굴이 되었다.

"응. 방금 학교에서 왔어."

"아, 잠이, 잠이 들었나 보다. 오늘 병원 갔다 좀 일찍 집에 왔는데 잠깐 누워서 눈만 감고 있는다는 게 이렇게 됐네. 정신없기는. 몇 시야?"

나는 손목시계를 봤다.

"저녁 먹을 시간?"

아빠의 눈에는 안도가 어렸지만 눈 밑엔 그늘이 드리워져 있었다. 고단해 보였다. 문득 아빠를 끌어안고 싶었지만 아빠가 선수를 치며 나를 꼭 품에 안았다.

"저녁 준비해야겠다. 그러고 나선 자기 전에 잠깐 캠페인 일 좀 보고. 사이먼하고 약속했거든."

사이먼 아저씨는 아빠의 사업 파트너다. 나는 아저씨를 좋아한다. 아저씨는 툭하면 농담을 한다. 아빠와 아저씨는 학교 때부터 아는 사이였는데, 일 년 전에 둘 다 대형 은행을 그만두고 '엘리펀트 프로젝트'라는 밀렵 반대 캠페인 단체를 만들었다. 아빠가 직업을 바꾼다는 말을 처음 들었을 때 나는 밀렵(영어 poach는 '밀렵하다'라는 뜻 외에 '수란을 만들다'라는 뜻도 있다. – 옮긴이)이 달걀 조리법인 줄로만 알았다. 아빠는 밀렵이 주로 멸종 위기에 처한 동물들을 불법으로 사냥하는 것이라고 설명해 주었다.

어쨌거나 엘리펀트 프로젝트의 직원은 아직 아빠와 사이먼 아저씨 둘뿐이어서 두 사람은 사무실에서 엄청나게 긴 시간 동안 일했다. 아빠는 출퇴근 거리도 무척 길었는데 '그날' 이후론 점차 집에서 일하는 시간이 많아졌다.

나는 차를 한잔 마시며 부엌에서 아빠를 기다렸다. 몇 분 뒤 아빠는 조금 기운이 난 얼굴로 내려왔다.

"우리 디지, 오늘 별일 없었니?"

아빠가 내 머리칼을 좀 심하다 싶게 헝클어뜨리며 밝게 웃었다. 아빠는 십 년도 훌쩍 지난 옛날, 그러니까 내가 두 살

때 내게 '디지'라는 별명을 지어 준 이후론 늘 별명으로 날 불렀다. 그때 나는 너무 어지러워서(영어 dizzy는 어지럽다는 뜻 – 옮긴이) 땅에 쓰러져 못 일어날 때까지 마당에서 빙글빙글 도는 걸 좋아했기 때문이다.

"아빠, 내 방에 가서 좀……."

말문을 열었지만 아빠 눈 밑의 그늘을 다시 보자 말이 목에 턱 걸렸다.

"어?"

"아니야, 아무것도 아니야."

나는 이렇게 말하고 말았다.

아빠는 자리에 앉은 채 잠시 멍하니 고개를 끄덕였다. 그러더니 미간을 찌푸리며 나를 자세히 바라봤다.

"나도 오늘 엄마 보러 다녀왔어."

더는 아빠에게 말하지 않고 속에 담아 둘 수 없었다.

"어땠어? 왜 혼자 갔어?"

아빠가 조용히 물었다.

"가려던 건 아니었는데…… 그냥 그렇게 됐어."

"병원에서 들여보내 줘?"

"응. 아빠가 같이 안 온 거 간호사가 모르는 것 같았어. 아빠가 나간 직후에 내가 들어갔던가. 이번엔 병실에도 들어갔어. 엄마한테 말도 하고."

아빠의 눈이 커졌다.

"그래서?"

나한테서 기적 같은 이야기라도 나올 것처럼 아빠의 목소리가 희망에 부풀었다.

"그래서는 무슨……. 아무 일도 없었어."

난감한 마음으로 대답하는 동안 속에서 분노가 끓었다. 아빠는 도대체 뭘 기대한 걸까? 내가 병원에 가면 엄마가 벌떡 일어나기라도 할 거라고 생각한 걸까?

아빠는 무슨 말인가 더 하려다 마음을 바꾼 듯 입을 열었다 닫았다.

"저녁 준비하자. 금방 차릴 수 있는 맛있는 게 분명 있을 거야."

사고가 나고 몇 주 동안은 할머니가 집에 와 있었다. 할머니는 음식 솜씨도 무척 좋고 요리하는 것도 즐긴다. 할머니의 엄마에게서 전수받은 레시피로 만든 덤플링(밀가루 반죽에 다진 고기, 버섯, 새우 등을 넣어 빚은 음식 – 옮긴이)은 세상에서 가장 맛있다. 우리에게 일어난 그 모든 일에도 불구하고 우리 집에 있는 동안 할머니는 하루도 거르지 않고 세 가지 코스 요리를 만들었다. 집으로 걸어올 때면 길 중간부터 맛있는 냄새가 솔솔 풍겼다.

"좋은 음식은 영혼을 어루만져 준단다."

할머니는 미소 띤 얼굴로 음식을 차려 주며 말했다. 할머니는 우리가 할머니가 만든 음식 먹는 모습을 흐뭇하게 지켜봤다. 마일로와 아빠와 나, 우리 셋 모두를. 할머니는 그때가 가장 행복하다고 했지만 대체로 무척 행복한 사람이었다.

할머니의 가면이 벗겨진 모습을 본 것은 딱 한 번이었다. 나는 마당에 있었는데 할머니는 누가 보고 있다는 걸 모른 채 부엌에서 버섯 요리를 젓고 있었다. 할머니의 몸이 덜덜 떨렸고 무슨 일이라도 생긴 걸까 걱정이 드는 순간, 할머니가 옷소매로 눈가를 훔쳤다. 할머니는 울고 있었다. 들어가서 할머니를 껴안고 싶었지만 어쩐지 그러지 못했다. 5주 내내 병원에 가지 못하게 나를 막는 그 무엇과 같은 감정이었다.

할아버지 곁으로 돌아가기 전 할머니는 우리를 위해 덤플링 12인분을 얼려 두었고, 덤플링은 지난 화요일을 마지막으로 다 사라졌다. 나는 혹시라도 우리가 놓친 다른 음식이 있지 않을까 기대하며 냉장고를 열었지만 달걀과 잔털이 나기 시작한 오래된 당근 한 봉지가 다였다.

"이러다 새끼 치겠네. 어휴, 심했다. 진짜 장 좀 봐야겠다. 내가 내일 볼게."

엄지와 검지 끝으로 당근 하나를 집어 들며 아빠가 말했다.

"달걀프라이랑 감자튀김 먹으면 돼."

내가 냉동실에서 감자튀김을 꺼냈다.

"좋은 생각이다, 디지."

아빠가 프라이팬을 꺼내 가스레인지에 올리며 말했다. 아빠는 프라이팬 한쪽에 달걀을 깨뜨리려 했지만 달걀이 손에서 미끄러져 바닥에 떨어졌다.

"괜찮아. 내가 할게, 아빠."

나는 접시에 감자튀김을 몽땅 쏟아붓고 무의식적으로 빨간색 코끼리 모양 달걀프라이 틀을 집어 들었다. 그걸 보면 틀림없이 아빠가 웃을 테니까. 나는 완성된 음식을 그릇에 담고 냉장고에서 케첩을 꺼낸 다음 물컵과 함께 쟁반에 단정하게 올렸다.

"고맙다. 우리 디지 없었으면 어쩔 뻔했어? 최소한 굶어 죽었을 거야."

저녁 식사 후 아빠는 서류를 들고 소파에 자리를 잡았고 나는 숙제를 마친 다음 텔레비전을 켰다. 아빠가 위층으로 올라가지 않아 줘서 고마웠다. 아빠가 집중할 수 있도록 볼륨을 최대한 줄였지만 힐끗 다시 돌아보니 아빠는 (소파에 못 올라오게 하는데도) 마일로가 늘 깔고 눕는 담요를 덮고 곤히 잠들어 있었다. 아빠 눈에도 달라진 게 보이는지 벽 그림을 봐 줬으면 했지만 아빠는 이미 그것 말고도 생각할 것이 넘쳤다. 이건 내가 알아내야 할 문제였다.

사라진 초록

연기가 그림자 인간 얼굴 주변에서 회오리쳤다. 그림자 인간이 나를 향해 팔을 휙 뻗었다. 남자는 나를 힘껏 잡아당기며 데려가려 했다. 나는 꼼짝없이 얼어붙은 채 남자의 팔 근육이 굽혀졌다 펴졌다, 굽혀졌다 펴졌다 하는 것을 지켜보았다. 남자의 옷소매는 초록색이고 천은 거칠었다. 남자의 팔을 밀쳐 냈지만 더욱 거센 힘으로 조여 왔다.

"보지 마……. 오른쪽을 보지 마!"

남자가 소리쳤다.

열기가 차오르고 있었다……. 견딜 수 없이 숨 막히는 열기가……. 이제 남자의 얼굴은 코앞까지 다가왔고 헐떡이는 숨소리가 들려왔다. 이 사람은 누구일까? 남자의 얼굴이 보고 싶었지만 동시에 겁이 났다. 그림자 인간이 눈앞에서 흐릿해졌다. 점점 더 흐려지며 흔들리더니 완전히 사라졌다.

알람이 울린 후에도 나는 한동안 눈을 감은 채 이틀 내내 꾼 악몽을 떨쳐 내려 애쓰며 밤새 벽 그림이 정상으로 돌아왔기를 기도했다. 그러나 용기를 내 사랑하는 나의 벽을 올려다보자마자 배 속의 거미들이 우르르 앞다투어 살아났다.

노란색만이 아니었다. 옆 그림의 초록색이 사라져 버렸다. 여섯 살의 내가 마당에 앉아 내 손으로 머리를 자르는 그림이었다. 나는 고집을 부려 유치원 연극에서 피터 팬 역을 맡고는 최대한 똑같은 모습이어야 한다고 믿었다. 어릴 적부터 연극에 몰두한 아이다웠다. 그러나 지금은 눈밭에 앉은 것처럼 보일 뿐이었다. 거미들이 배에서 가슴으로 쿵쿵 옮겨 걸으며 오싹하고 근질근질한 통증을 남겼다.

불쑥 이런 생각이 머리를 때렸다. 악몽 속 그림자 인간과 사라진 색깔이 분명 관련이 있을 거라는. 남자가 나타난 시기와 색깔이 사라지기 시작한 시기가 정확히 일치했다. 우연일 리 없었다. 그리고 그런 악몽을 꾸는 것이 나뿐이라면 색깔이 사라진 게 보이는 것도 나뿐일지 모른다. 물론 아빠에게 색깔이 보이는지 물어볼 수도 있지만 어쩐지 이미 난 아빠의 답을 알 것 같았다. 다른 사람은 그 누구도 색깔 도둑 이야기를 이해하지 못할 것이다. 그런데 도대체 그 남자는 누구일까. 왜 내게서 색깔을 훔쳐 가는 걸까. 답 없는 질문들로 머리가 빙빙 돌았다.

아래층으로 내려가자 부엌엔 아무도 없고 싱크대에는 어제저녁 설거지가 가득했다. 이 빠진 아빠의 머그잔이 주방 서랍장 끄트머리에 아슬아슬하게 놓여 있었다. 엄마가 아빠에게 사 준 것이었다. 배트맨과 로빈 그림은 거의 닳아 없어졌지만 말풍선 속 글귀는 아직 또렷했다. "당신은 내 인생의 조수!" 나는 조금 남은 커피를 버리고 머그잔을 식기세척기에 넣었다. 이 머그잔은 몇 주 동안 보지 못했다. 다이닝 식탁보다 더 과거에 속한 물건이었다. 아빠는 왜 찬장에서 이 머그잔을 꺼냈을까?

아침 식사를 건너뛰고 마일로를 안으로 들인 다음 어느 때보다 빨리 준비를 마쳤다. 토비가 나를 기다리고 있었다. 루는 아니지만. 루가 나타나지 않으리란 건 이미 알고 있었다.

토비는 내가 집을 나서는 걸 지켜보고 있었나 보다. 내가 현관문을 여는 순간 토비도 자기 집 현관문을 열고 나왔다.

"학교 끝나고 밴으로 와. 스파이크 먹이 주기 실행 계획을 세워 놨어."

"당연하지. 갈게."

"좋아."

토비가 미소를 지어 보였다. 어제와 똑같은 알 수 없는 미소였다. 나는 한결 행복해진 마음으로 집을 나섰다. 학교에 도착한 것은 종이 울리기 몇 분 전이었다.

"이지 폐하 납시오!"

교실로 들어서자 프랭크가 말했다. 프랭크는 콧등에 붙은 뭔가를 만지작거리고 있었는데 손을 치우자 작은 치약 덩어리 같은 것이 온 얼굴을 덮고 있었다. 가까이 다가가서야 가짜 종기인 것을 알아보았다. 프랭크의 어처구니없는 얼굴을 보니 와락 웃음이 터졌다. 그러고 보면 프랭크 옆자리에 앉는 것도 그리 나쁘진 않을지 모른다. 루 때문에 웃어 본 게 언제인지 기억도 안 났다.

"두 배로 두 배로, 고생도 골칫거리도, 불은 타오르고 가마솥은 끓어오르네."

"무슨 소리야?"

"나 '맥베스' 세 마녀 중에서 한 명에 도전해 보려고. 마녀라고 꼭 여자가 하란 법 있어? 남자라고 안 될 거 없잖아. 어차피 셰익스피어가 살던 시대에는 모든 역할을 다 남자가 했는데."

"맞아."

프랭크가 이런 걸 알고 있다니 놀라웠다. 영어 시간에 배운 내용도 아닌데. 꼬질이 프랭크가 셰익스피어의 팬일 줄 누가 상상이나 했겠는가.

"근데 도전해 보겠다는 건 무슨 소리야?"

"오디션 말이야. 내일이잖아. 맞지? 미리미리 준비하는 거지."

아, 맥베스. 어떻게 내가 오디션을 잊어버렸을까?

마치 내 생각을 읽은 것처럼 루가 다가와 내 책상 곁을 맴돌았다. 한껏 말아 올린 루의 속눈썹이 눈에 들어왔다. 등굣길에 우리 집에 들를 시간이 없었던 건 안 봐도 알겠다. 루가 한쪽 눈썹을 치뜨며 물었다.

"너 맥베스 부인 역 오디션 볼 거지?"

"어……."

까맣게 잊어버린 데다 아무런 준비도 안 했다고 인정하고 싶진 않았다.

"혹시나 해서 알려 주는 건데, 제미마도 오디션 볼 거래. 알지? 제미마 반 프로인 거. 조금이라도 가능성을 높이려면 다른 역할을 알아보는 게 좋을 거야. 맥더프 부인이나 하녀 같은 거."

"반 프로라니 무슨 뜻이야?"

"이지, 제미마는 다섯 살 때부터 토요 연극 학교에 다녔어. 네가 아무리 용을 써 봐야 소용없다는 뜻이야."

나는 루가 진심으로 하는 말인지 확인하고 싶어 루의 눈을 보았다. 아직도 반쯤은 루가 웃음을 터뜨리며 장난이라고,

당연히 우린 친구라고 말할지 모른다는 기대가 있었다.

"그래도 그냥 한번 해 보려고. 옛날부터 맥베스 부인 역을 하고 싶었는데 시도도 안 하는 건 바보 같잖아."

"가능성 없는 걸 알면서도?"

루가 말을 끊고는 성마르게 혀를 찼다.

"아주 낮겠지만 그래도 아예 없는 건 아니니까."

"그럼 그러시던가."

루가 어깨를 으쓱해 보이며 막 가려는 순간, 무슨 생각이었는지 내가 루를 잡았다.

"왜 이러는 건데? 나 옛날하고 똑같아."

내가 작은 목소리로 말했다.

루가 딱하다는 눈길을 보내는데도 나는 포기하지 않았다.

"우리 그냥 다시 시작하면 안 돼? 금요일 저녁에 우리 집에 올래? 같이 마일로 산책도 시키고 공포 영화도 보자. 우리 아빠도 괜찮다고 할 거야."

"사양할게, 이지. 넌 진심으로 내가 금요일 저녁에 너희 집 개 산책이나 시키고 싶을 것 같니? 너, 생각보다 더 이상한 애구나? 됐어. 나 다른 계획 있어."

"무슨 계획인데?"

이렇게까지 매달리는 투로 말을 하다니 나도 깜짝 놀랐다. 아이들이 고개를 돌렸고 우리는 별안간 관심의 중심이 됐다.

루의 얼굴이 확 달아올랐다.

"꼭 알아야겠다면 말해 줄게. 제미마네 집에 갈 거야. 제미마 오빠 생일이라서 파티에 끼려고. 진짜 디제이도 온다는데? 그렇게 간절히 누구랑 같이 있고 싶으면 집에 프랭크 불러다가 공포 영화 판이나 벌이지 그래? 딱 봐도 희한한 뱀파이어 영화 같은 데 꽂히는 타입인데. 또 누가 알아? 잘되면 무슨 일이라도 생길지?"

루가 빈정대는 얼굴로 내게 윙크했다.

루의 목소리는 교실에 있는 아이들에게 다 들릴 만큼 컸다.

가슴속에서 새빨간 분노가 터지더니 슬금슬금 목구멍을 타고 올랐다. 분노의 용암 때문에 구역질이 났다. 나는 루를 밀치고 무작정 교실 밖으로 달렸다. 텅 빈 복도에 이르러서야 멈춰 서서 손으로 무릎을 짚었다. 내 숨소리 말고는 아무것도 안 들렸다. 나의 빠르고 거친 숨소리.

루는 왜 그런 말을 한 걸까? 어쩌자고 반 아이들이 다 듣는 앞에서 그렇게 말했을까? 루와 나는 죽고 못 사는 사이였고 서로의 집에서 살다시피 했다. 옷이며 필통 속 필기구도 전부 같이 썼다. 초등학교 때는 둘만의 비밀 언어도 만들었다. 우리 둘 말고는 아무도 해독하지 못하는 언어. 우리 엄마, 아빠는 항상 루를 예뻐했다. 셸리 아줌마도 쇼핑몰, 영화관, 콘서트홀 어디든지 나와 루를 함께 데리고 다녔다. 이 모든 걸

다 잊는 게 루한테는 어떻게 그리 쉬운 걸까?

나는 벽에 등을 미끄러뜨리며 먼지 날리는 바닥에 앉았다. 조금씩 호흡이 제자리로 돌아왔다. 고개를 들어 보니 생각보다 멀리 와 있었다. '밀턴 중고등학교가 걸어온 길' 사진이 걸려 있는 역사 블록 복도였다. 매켄지 선생님은 틈만 나면 "우리 밀턴 중고등학교는 시인 존 밀턴이 살던 시대에는 없었지만 거의 150년의 역사를 자랑하는 학교입니다."라며 우리가 얼마나 유서 깊은 학교에 다니는지 이야기했다.

진열된 사진들을 보니 옛것과 새것이 하나로 어우러져 있었다. 1920년대 흑백 사진 속 라크로스(그물이 달린 크로스 스틱으로 상대의 골에 공을 넣는 경기 – 옮긴이) 선수들은 최근 이집트 수학여행 사진 속 9학년 학생들 모습과 크게 다르지 않다. 그런데 한 가지…… 노란색이던 피라미드가 회색으로 바래 있었다. 내 방 벽 그림처럼.

"야! 여기 있었어?"

고개를 홱 돌리자 프랭크가 나를 향해 달려오고 있었다.

나를 찾아오라고 누군가 보낸 걸까. 욕부터 날아오리라 기다리고 있는데 프랭크는 뜻밖의 말을 했다.

"괜찮아? 루 말이야, 계속 괴롭히게 그냥 둘 건 아니지?"

나는 어안이 벙벙해서 대꾸할 말이 떠오르지 않았다.

프랭크의 목과 얼굴에 붉은빛이 번졌다.

"나 작년에 너 '한여름 밤의 꿈'에 나오는 거 봤어. 진짜 잘하더라. 그냥 무시해 버려. 너 굉장히 잘해. 못되게 구는 거 봐주지 마. 루는 바보 같아."

얼마간 아무 말도 나오지 않았다. 그런데 이내 화가 스르르 풀리면서 기분이 괜찮아졌다. 프랭크에 대해 단단히 잘못 알고 있었나 보다. 루는 프랭크를 그냥 불쾌한 꼬질이라고 했지만 그 말이 틀렸다는 증거는 이미 충분했다. 프랭크는 셰익스피어를 사랑하고 연극에서 나를 봤으며 속상한 나를 따라왔다. 그리고 특별히 꼬질꼬질한 면도 없었다. 오히려 덥수룩하고 어두운 머리도 프랭크와 잘 어울렸다.

내가 일어서려고 하자 프랭크가 손을 내밀었다. 나는 잠시 망설였지만 손을 잡았다. 그리고 우리는 함께 교실을 향해 걸었다.

11학년 한 무리가 하키장 쪽으로 터덜터덜 지나쳐 갔다. 그중 키가 큰 한 명은 전교 부회장 코맥 그리피스였다. 9학년 이상의 여학생 대부분은 코맥에게 푹 빠져 있었다. 개인적으로 도대체 코맥에게 무슨 매력이 있는지 알 수 없었다. 키는 농구 골대만 한 데다 늘 조롱 가득한 표정으로 당장이라도 오싹한 말을 내뱉을 것 같았다.

코맥은 우리 옆을 지나치며 휘휘 휘파람을 불더니 친구에게 말했다.

"오호, 풋풋한 사랑인걸."

평소라면 얼굴이 엄청 빨갛게 달아올랐을 테지만 이번엔 거슬리지 않았다.

코맥 무리가 사라지고 난 뒤 내가 우물거렸다.

"고마워. 찾으러 와 줘서."

"별일도 아닌데, 뭐. 너도 똑같이 했을걸."

어제였다면 아마 아니었겠지. 하지만 하루 사이에 너무 많은 것들이 달라졌다.

스파이크

점심시간 다음은 미술 시간이었다. 나는 모나와 하프리트 옆에 앉았다. 예전과 별로 다르지 않았다. 모나가 지난 주말에 부모님이 새로 데려온 강아지 사진을 보여 주었다. 마일로와 똑같은 종인데 자그마했다. 무척 귀여웠다.

잠시 뒤 임시 선생님이 들어올 줄 알았는데 리아 선생님이 들어왔다. 리아 선생님은 부인이 아기를 낳아서 학기 초부터 휴직 상태였다. 선생님이 이렇게 빨리 돌아올 줄은 몰랐다.

선생님은 밝게 웃으며 아기 이야기를 들려줬고 선생님이 없는 동안 잘들 지냈는지 물었다.

교실 여기저기에서 아이들 몇 명이 보고 싶었다고 소리쳤다. 하지만 나만큼 보고 싶어 한 사람이 있었을까. 리아 선생님은 모든 면에서 대단했다. 인체의 다양한 부분을 믿기지 않을 만큼 멋지게 그렸다. 사진인지 실물인지 구별이 안 가는 스케치는 선생님만이 할 수 있었다. 하지만 그림만 잘 그리는 게 아니라 늘 수업을 모험처럼 만드는 재주가 있었다.

리아 선생님이 돌아오기 전 우리는 막 자화상을 완성한 참이었다. 선생님의 격려가 없으니 왠지 집중이 잘 안 돼서 대부분 지난 몇 주간 미술 시간 내내 빈둥빈둥 끼적거리며 보냈다.

선생님도 우리가 보고 싶었다는 말을 들으니 기뻤다.

"자, 오늘은 완성된 자화상을 보관할 수 있게 표구를 만들고 다음 주부터는 새로운 걸 시작해 봅시다. 어때요?"

"좋아요. 어떤 건데요?"

앞줄의 누군가가 물었다.

"아, 깜짝 놀라게 그날 공개하려고 했는데? 그럼 힌트를 줄 테니까 가서 알아보세요. 먼저…… 어떤 특정 화가의 스타일하고 관련된 거예요. 이 화가는 꿈에 집착했고 아주 특이한 시계 그림으로 유명합니다. 지금은 생각하지 말고 알림장에 적어서 주말 동안에 생각해 보세요."

학교가 끝나고 집으로 걸어오면서 나는 리아 선생님의 수수께끼에 대해 생각했다. 꿈과 시계라면 색깔 도둑과도 연관이 있었다. 색깔 도둑은 꿈에 등장했다. 물론 악몽에 훨씬 가깝지만. 남자가 사라진 다음 내가 가장 먼저 보는 것은 언제나 밝게 빛나는 시계의 숫자였다. 색깔 도둑을 떠올리니 배 속에서 거미들이 몸싸움을 걸었다.

하지만 마일로를 밖으로 불러내려고 문을 연 순간 거미들은 패배했다. 마일로는 내게 살갑게 몸을 비빈 다음 강으로 향하는 나를 충실하게 따라왔고 갈수록 신이 났다. 우리 집과 옆집 사이의 통로를 따라 껑충껑충 뛰었다. 어찌나 빨리 달리는지 그만 미끄러져서 스파이크를 처음 본 뽕나무 숲으로 굴러떨어졌다.

나는 마일로가 강에 빠졌을까 봐 겁에 질려 정신없이 뒤쫓아 갔다. 하지만 내가 도착했을 즈음에는 벌써 몸을 부르르 털며 다리 쪽으로 총총히 걷고 있었다.

토비는 약속대로 밴에서 기다리고 있었다. 손에는 뭔가 기다랗고 뾰족한 것을 들고 있었다. 가까이 다가가서 보니 낚싯대였다.

"안녕? 왔네."

토비가 말했다.

"당연하지. 그건 왜 필요해?"

"스파이크 때문에. 툭하면 다른 녀석들한테 치여서 먹이를 뺏기니까 이걸로 직접 주면 좋을 것 같아. 일단은 어떻게 쓰는지 좀 알아보고. 우리 삼촌 거라서 아직 한 번도 안 써 봤어."

토비가 잠금장치를 잡아당기자 딸깍 소리와 함께 갑자기

낚싯줄이 저절로 얼레에 휘리릭 감기기 시작했다. 토비는 만족스러운 듯 고개를 끄덕이고는 말했다.

"백조에 대해서 조사를 좀 해 봤어. 많이 알면 알수록 더 많이 도와줄 수 있을 테니까."

"잘했어. 뭘 알아냈어?"

"많지. 몇 살이 돼야 백조 날개가 하얗게 변하는지 알아?"

"음…… 한 살?"

사실 난 전혀 감도 잡을 수 없었다.

"나도 그렇게 생각했는데 더 빠르더라고. 6개월이래. 그러면 이제 세상에 혼자 나갈 준비가 됐다는 걸 부모가 아는 거지. 속 깃털부터 먼저 하얘진대. 그럼 좋아하는 음식은 뭐게?"

"빵?"

"아니야. 희한한 걸 먹더라고. 양상추, 시금치, 우웩……, 감자."

"으…… 그래도 뭘 갖다줘야 할지는 알겠다."

"맞아. 이제 준비된 것 같아. 강으로 내려가서 낚싯대를 시험해 보자. 낚싯대 좀 들어 줄래? 그걸 들고 휠체어 밀기는 좀 힘들어."

"그래."

"전동 휠체어 타도 되는데, 난 도전하는 게 좋아. 팔 운동도 되고. 최악은 비 올 때야. 진흙하고 바닥에서 튄 물을 다 뒤집어쓴다니까."

토비가 숨을 몰아쉬며 말했다.

난 무슨 말을 해야 할지 몰라 고개만 주억거렸다. 사실은 어떤 기분일지 전혀 짐작도 가지 않았다.

나는 토비 뒤를 따라 스파이크의 뽕나무로 향했다. 오늘따라 물살이 거세고 물결도 심상찮았다. 길 아래 가게 주인인 조시 아저씨의 말로는 성인 남자가 물살에 휩쓸려 십 킬로미터 넘게 떠내려간 뒤에야 구조된 적도 있다고 했다. 오늘 오후 유속으로 보면 충분히 가능한 일이었다.

어미 백조는 갈대 사이 물살이 잔잔한 주머니 같은 공간에서 날개 밑에 고개를 파묻고 자고 있었다. 새끼 세 마리는 어미 양쪽에서 꼬박꼬박 졸고, 다른 한 마리는 높이 자란 강풀숲에 있었다. 어디에도 스파이크의 모습은 보이지 않았다.

"어디 있니?"

나는 큰 소리로 부르며 풀을 헤치고 강둑의 덤불 사이를 걸어갔다. 아무것도 없었다.

가슴속에서 공포가 솟았다. 위험천만한 급물살의 먹이라도 된 걸까?

"저기 좀 봐. 백조가 또 있어. 아빠 백조인가 봐. 목도 더 굵고 부리 아래쪽 까만 부분도 더 커."

토비가 조그맣게 말했다.

토비가 가리키는 쪽을 보는 사이 어미 백조가 남편 백조에게로 날아갔다. 둘의 모습은 아름다웠지만 일렁이는 물살에 묶여 속도가 느려 보였다. 둘 주변으로 까딱거리는 회색 머리가 두어 개 보였다. 어디에도 스파이크는 없었다. 어째서 다른 백조들은 찾으려 들지도 않는 걸까?

느닷없이 첨벙하는 소리가 들렸다. 무슨 일인지 파악할 겨를도 없이 강 한가운데로 헤엄쳐 향하는 마일로의 모습이 보였다. 온몸이 얼어붙었다.

"마일로! 돌아와!"

이미 물살은 마일로를 휩쓸어 저 멀리 나아가고 있었다. 마일로는 물살을 거스르려고 발버둥 쳤지만 소용없었다.

"마일로! 마일로!"

내가 소리쳤다.

강둑에서 무언가가 허둥대더니 두 번째 첨벙하는 소리가 들렸다. 어미 백조일까 생각한 순간 공포가 나를 덮쳤다. 텅 빈 휠체어 위에 토비의 안경과 후드 티가 놓여 있었다. 나는 강으로 몸을 돌려 마일로를 향해 빠르게 나아가는 토비의 모습을 멍하니 지켜보았다. 물살을 가르는 토비의 팔뚝과 등 근육의 힘찬 움직임이 보였다. 팔을 채 열 번이나 휘저었을까. 토비는 마일로에게 다가가 단단히 안은 다음 다시 강가를 향해 헤엄치기 시작했다.

꼭 쥐었던 주먹이 펴지며 온몸의 근육이 스르르 풀렸다. 그 순간 토비와 마일로가 덤불 뒤로 사라졌다. 강물이 고요해졌다.

나무를 스치는 바람 소리와 멀리 자동차 소리 외에는 아무것도 들리지 않았다.

"토비!"

제발 무사해 줘. 제발 무사해 줘. 제발 무사해 줘. 선택지는 두 개였다. 달려가서 도와줄 사람을 불러오거나 내가 직접 뛰어들어 구하거나.

나는 수영을 잘 못하기 때문에 선택은 첫 번째였다. 이미 큰길로 이어지는 길 위를 달리고 있을 때였다. 누군가 외치는 소리가 들렸다. 돌아보니 토비가 물 밖으로 몸을 끌어내고 있었다. 마일로는 멍한 표정으로 몸을 부르르 떨며 강둑에 서 있었다.

"하느님, 감사합니다!"

나는 토비를 도우려고 달음박질쳤다. 마음 한편으론 왜 그렇게 멍청한 짓을 했냐며 소리치고 싶었지만 사실 토비는 용감했다. 토비는 마일로를 구했고 둘 다 무사해 보였다.

"난 괜찮아. 그런데 마일로는 작은 개라서 정말 무서웠을 거야."

토비가 헉헉대며 말했다.

토비의 이마엔 흠뻑 젖은 머리카락이 가닥가닥 달라붙고 안경이 사라진 두 눈은 갈피를 못 잡았다.

"고마워."

토비가 방금 한 일에 비하면 지나치게 무의미한 한마디였다.

"어떻게 그랬어? 믿기지가 않아."

"별일 아니야. 마일로가 위험해 보여서……."

토비가 안경을 도로 콧등에 올리자 바로 김이 서렸다. 토비의 바지에서 물이 줄줄 흘렀다. 나는 반사적으로 토비의 다리를 들어 바지 한쪽의 물을 짠 다음 다른 쪽도 짰다. 바지 너머 느껴지는 토비의 무릎이 뾰족하게 여위어 있었다. 토비가 몸을 부들부들 떨었다. 나는 외투를 벗어 토비의 어깨에 둘러 주었다. 자칫하면 벌어질 뻔한 무시무시한 상황이 머릿속에서 끝없이 되풀이되었다. 나는 코로 공기를 들이마신 후 입으로 내뱉으며 억지로 천천히 호흡했다.

괜찮아. 아무 일 없었어. 지난번 같은 일은…….

토비는 이를 딱딱 부딪치면서도 웃음을 머금은 채 뭔가를 생각하는 듯 아득한 표정을 지었다.

"괜찮아? 집에 가야겠다. 얼어 죽겠어!"

토비는 내 말이 귀에 안 들어오는 듯했다.

"옛날 생각이 나. 그 일이 있기 전……."

"그 일?"

"내 후드 티 좀 줘 봐. 보여 줄 게 있어."

토비가 팔에 돋은 소름을 마구 문지르며 말했다. 토비 등에는 아직 젖은 나뭇잎이 붙어 있었다. 나뭇잎을 떼어 내자 진흙 자국이 남았다. 어렸을 때 엄마와 난 나뭇잎 스텐실을 만들곤 했다. 함께 걸으며 나뭇잎을 잔뜩 주워다 종이에 힘껏 눌러 패턴을 만들었다.

휠체어에 있는 초록색 후드 티를 건네주자 토비는 젖은 손으로 주머니를 뒤져 구깃구깃한 사진 한 장을 꺼냈다. 사진 속에는 축구 유니폼을 입은 소년이 공을 쫓아 달리고 있었다. 소년이 누구인지 알아보는 데는 긴 시간이 필요하지 않았다.

"나, 축구부 주장이었어. 수영 대회에서 상도 많이 탔고. 그래도 아직 수영은 할 수 있네."

나는 물끄러미 사진을 바라봤다. 마음이 한없이 무너져서 어떻게 답해야 할지 떠오르지 않았다. 결국 사진 속 자신감 넘치는 스포츠 스타에게서 눈길을 거두고 토비에게 사진을 돌려주었다.

"멋지다. 근데 너랑 마일로랑 둘 다 얼어 죽겠어. 집에 가자."

내가 나지막이 말했다.

내팽개친 낚싯대는 뽕나무에 기대어져 있었다. 나는 어두워지는 강물을 바라보았다. 여전히 스파이크는 나타날 기미가 없었다. 그런데 처음 이곳에 도착했을 때만큼 불안하지 않아서 스스로도 놀랐다. 왠지 스파이크는 우리 생각보다 강할 거라는 믿음이 생겼다. 토비의 얼굴을 보자 토비도 같은 생각을 한다는 걸 알 수 있었다.

"다음에 다시 와야겠어. 물건은 밴에 두고 내일이나 모레 오자. 일단은 내 자리에 다시 앉아야겠다. 좀 도와줄래? 난 타는 것보단 내리는 걸 훨씬 잘하거든. 누가 휠체어를 안 움직이게 잡아 줘야 해."

"물론이지."

나는 한쪽 눈은 마일로에게 고정한 채 휠체어 바퀴 뒤에 발을 밀어 넣었다. 마일로는 고난을 겪은 자기 몸을 핥아 대느라 바빴다. 토비가 휠체어 위로 몸을 끌어올리고 나는 뒤로 밀리지 않게 잠시 버텼다 싶었는데, 토비는 어느새 포장도로 쪽으로 가고 있었다.

그리고 놀라운 일이 일어났다. 토비가 마일로를 향해 손짓하자 눈 깜짝할 사이에 나의 개 마일로가 토비의 무릎에 앉아 구세주의 가슴에 머리를 묻고 웅크렸다. 평소 같으면 질투가 솟았겠지만 상대가 토비인 만큼 상황이 달랐다.

"다 젖었다고 엄마한테 혼나는 거 아니야?"

큰길로 접어들었을 때 내가 물었다. 내 발자국이 토비의 휠체어 자국 이쪽저쪽에 점점이 무늬를 남겼다.

"아니. 우리 엄마 화내는 스타일 아니야. 그냥 걱정이 많긴 한데 그것도 무슨 일 있을까 봐 그러는 거고. 일단 내가 안전한 걸 보면 걱정 안 해."

꼭 우리 엄마 같았다. 머지않아 토비 엄마를 만났으면 하는 마음이 들었다.

"아무 때나 우리 집에 놀러 와."

토비가 또 내 생각을 읽은 듯 말했다.

"엄마가 새 이웃을 만나고 싶다고 계속 말했거든. 좀 외로운가 봐. 이 동네엔 아무도 아는 사람이 없으니까."

"너도 외로워?"

내가 묻자 토비가 내게로 몸을 돌렸다.

"좀 그랬는데 이젠 별로."

토비는 신사처럼 우습고 과장된 손짓을 하며 현관으로 따라오라는 신호를 보냈지만 시계를 확인하니 너무 늦은 시간이었다. 아빠가 병원에서 돌아와 내가 어디서 뭘 하는지 궁금해하고 있을 거다.

"오늘은 안 돼. 대신 내일 꼭 보자."

나는 마일로 목줄을 쥐며 말했다.

집으로 향하며 나는 계속 아빠 생각을 했다. 그러자 배 속에서 거미가 스멀거리는 감각이 다시 되살아났다. 아빠는 엄마 이야기, 병원 이야기를 하려고 할 거다. 나는 숨을 들이쉬고 몸에 단단히 힘을 주었다.

말할 용기

뒷문을 열자마자 뭔가 달라진 느낌이었다. 집 안의 냄새가 달랐다. 뭔가 알 듯 말 듯한 꽃향기 같은 진하고 톡 쏘는 냄새가 났다.

부엌으로 가자 린 고모가 표면이란 표면엔 모조리 세제를 뿌리며 대청소 중이었다.

"이지 왔구나, 우리 강아지! 슬슬 걱정하고 있었는데. 어디 다녀오니?"

고모가 하도 꽉 끌어안는 바람에 숨이 찰 지경이었다.

린 고모는 아빠의 누나지만 아빠와는 달라도 너무 달랐다. 아빠가 천하태평이라면 고모는 철두철미한 정리정돈의 여왕이었다.

어릴 적에는 고모가 옛날식 시계 수리공이 아닐까 생각하기도 했다. 항상 시계의 나사를 만지작거리면서 똑딱거리는 소리 하나하나가 정확하게 딱 맞아떨어지는지 확인하는 그런 사람.

하지만 고모의 모습은 시계 수리공과는 거리가 멀었다. 사실 '고모'라는 단어와도 어울리지 않았다. 고모는 슬림 핏 바지 정장에 하이힐을 신고 짧게 층을 낸 한 올의 흐트러짐 없이 완벽하게 손질한 적갈색 머리는 얼굴 주변에 물결처럼 떨어뜨렸다. 그리고 언제나, 청소기를 돌릴 때조차도 짙은 빨간색 립스틱을 발랐다.

"여기서 뭐 하세요?"

"참 다정한 인사네?"

"죄송, 죄송해요."

"당분간 너랑 너희 아빠랑 같이 지내려고 왔지."

목소리는 밝았지만 미소는 억지스러웠다.

고모는 가만히 나를 보더니 갑자기 와락 안았다. 너무 급작스러워서 피할 틈도 없었다.

"어떻게 지냈어, 이지? 솔직하게."

고모가 내 눈을 깊이 들여다보며 물었다.

나는 침묵했다. 무슨 할 말이 남아 있을까?

"전화로는 말하기 싫을 거라고 생각했단다. 괜찮아. 그런데 이제는 네 곁에 내가 있다는 걸 알았으면 좋겠어. 필요할 땐 언제든."

"감사합니다. 얼마나 계실 거예요?"

달갑지 않은 마음이 드러나는 목소리였다. 내가 듣기에도 그랬다. 하지만 고모는 움츠러들지 않았다.

"오래는 아니고, 그냥 뭐 도움이 될 정도만."

"도움……이 될 정도만요?"

"그래. 걱정 마. 간섭 안 할 테니까. 그냥 날마다 해야 할 일들이나 도울 거야."

당연히 고모는 간섭할 거다. 간섭이야말로 고모의 주특기니까. 고모의 통제 아래 얼마나 엄격한 생활이 펼쳐질지 생각만으로도 진저리가 쳐졌지만 달리 방법이 없었다. 마음 한편으로는 누군가가 나 대신 결정을 내려 주면 좋을 것 같기도 했다. 결정해야 할 것들이 머릿속 거대한 공간을 차지하고 있어서 색깔 도둑에 대해 생각하려면 그 공간을 비워야 했다.

"세상에, 교복이 왜 그 모양이야? 당장 벗어, 이지. 얼른 올라가서 갈아입어. 지금 빨래하는 중이니까 같이 돌려야겠다. 그리고 저 개 좀 마당에 내놔. 아휴, 꼬질꼬질해라. 부엌 바닥에 진흙 묻히지 말고. 방금 닦았단 말이야."

"몸을 따뜻하게 말려 줘야 해요. 그리고 저녁은 늘 부엌에서 먹여요."

통제는 이미 시작되고 있었다.

"알았어. 그럼 그릇에 담아서 밖에서 먹여. 그리고 발 닦인 다음에 저녁때 안으로 들이렴."

"아빠는 어디 계세요?"

"병원에 있단다, 아가. 한동안 있을 거야."

왜 그런 질문을 했는지 나도 모르겠다. 지난 40일 동안 아빠는 날마다 병원에 들렀다. 어제 계산해 보니 엄마는 거의 6주 그러니까 1,000시간 정도 병원에 있었다. 매일 아침 아빠는 내게 같이 갈지 물었고, 매일 아침 나는 못 들은 척했다. 얼마 지나자 아빠는 더 이상 묻지 않았다.

사실은 갈 수가 없었다. 부서질 것 같은 창백한 모습으로 가만히 누운 엄마의 모습을 견딜 자신이 없었다. 나 혼자 한 번 다녀오고 나서는 아예 안 갔던 때보다 더 나빴다. 내 잘못이었고 그걸 아빠에게 설명할 수 없어서 이 주제는 아예 피했다. 병원에 안 가는 내게 화가 났는지는 알 수 없지만 아빠는 아무 말도 하지 않았다.

"잠깐 나가서 장 좀 봐야겠다. 냉장고가 텅텅 비었네."

린 고모가 말했다.

"며칠 전에 우유랑 빵도 샀고, 지난주에 채소도……."

대답을 하다가 내가 듣기에도 너무 한심할뿐더러 털 난 당근까지 떠올라서 입을 다물었다. 고모 말이 맞았다.

"어떻게 이렇게 지냈을까. 내가 같이 있었더라면……."

나는 생각했다. 그런데 같이 안 있었잖아요. 고모는 몰라요. 그게 어떤 건지. 우리가 어떻게 지냈는지. 아빠랑 내가. 누구라도 그걸 알아준다면 얼마나 좋을까.

고모가 장 볼 목록을 적는 사이 나는 낡은 수건으로 마일로를 닦인 뒤 마당으로 데리고 나갔다.

"미안해."

나는 마일로의 부드러운 귓등 털에 대고 속삭였다. 마일로를 안아서 마당의 벤치 그네에 앉혔다. 마일로는 그네에 앉는 걸 좋아한다. 나도 그네에 누워 이리저리 살랑살랑 흔들리면서 머리 위로 펼쳐진 뻥 뚫린 하늘을 올려다보는 걸 좋아한다. 끝없이 파란 여름 하늘에서 길을 잃기도 하고, 가을 하늘에서 구름이 만든 그림을 보기도 했다. 점프하는 마일로와 똑같이 생긴 구름을 엄마 휴대폰으로 사진 찍은 적도 있다. 맑은 날 밤에는 북두칠성과 오리온자리, 게자리 같은 유명한 별자리도 보았다.

오늘은 하늘이 회색빛이지만 그네 위에 자리를 잡았다. 왼쪽 팔걸이에는 우리의 머리가 만든 짙은 그늘이 남아 있었다. 엄마와 나의 머리. 엄마는 왼쪽에 나는 오른쪽에 서로 꼭 끼어 앉곤 했다. 엄마는 도화지에 스케치를 했다. 꿈속의 무언가처럼 추상적인 것일 때도 있고, 8월 말 마당 끝에 활짝 핀 해바라기나 잔디밭 한가운데 잠든 이웃집 고양이 같은 구체적인 것일 때도 있었다. 가끔은 나를 스케치하기도 했다. 나는 책을 읽거나 헤드폰을 쓰고 음악을 들으며 엄마가 그림 그리는 걸 지켜봤다. 그보다 더 평화롭고 행복한 순간은 없었다.

짙은 그늘을 보자 엄마가 미칠 듯 보고 싶어졌다. 나는 벌떡 일어나 부엌으로 들어갔다.

"엄마 보러 가고 싶어요. 저 좀 병원에 데려다줄 수 있어요?"

고모가 장 볼 목록을 적다 멈칫했다.

"아님 그냥 걸어가도 되고요."

"아니야. 마트 가는 길에 데려다줄게."

고모는 한숨을 쉬지도 혀를 차지도 않았다. 그저 겉옷을 입고 차 열쇠를 들더니 나와 함께 집을 나섰다.

유리 너머로 아빠가 보였다. 아빠는 침대 끄트머리에 앉아 양손으로 다치지 않은 쪽 엄마의 손을 꼭 쥐고 있었다. 무슨 말인지 들리지 않았지만 아빠는 엄마에게 말을 하고 있었다. 엄마의 뺨도 쓰다듬었다. 집에 돌아오면 엄마에게 몸을 기울이고 입 맞출 때와 똑같이. 가끔 엄마는 몸을 피하기도 했다. 그러고는 깔깔 웃으며 말했다.

"수염 때문에 간지러워!"

지금 엄마가 그러면 좋겠다는 실없는 기대를 했지만 엄마는 고요히 너무나 고요히 누워만 있었다. 그때 아빠가 나를 보고는 빙긋 웃으며 들어오라고 손짓했다.

"디지가 오니까 정말 좋은데? 엄마한테 얘기해 봐. 얘기 좀 해 봐. 의사 말로는 엄마가 잠재의식 속에서 들을지도 모른대. 어떨 땐 그렇게 작은 일들이 도움이 될 수 있어……. 이런 상태에 있는 사람들한테는."

나는 침을 꿀꺽 삼켰다. 목이 칼칼했다. 입술을 벌렸지만 말문이 막혔다. 대본도 안 주고 관객 앞에서 연기하라는 주문을 받은 기분이었다.

"밖에서 기다릴게. 엄마랑 둘이 있고 싶겠지."

우리 사이에 침묵의 시간이 길어지자 아빠가 말했다.

두 번째로 엄마와 병실에 함께 있게 됐다. 심전도계 모니터가 무자비하게 울렸다. 기계음이 울린다는 건 좋은 뜻이다. 삐삐거리는 소리가 머릿속에서 끝없이 되풀이됐다. 좋은 일이다.

엄마에게 하고 싶은 말이 너무 많았다. 토비 얘기를 듣는 사람은 엄마가 처음이어야 했다. 아빠와 고모에게 먼저 얘기하게 되어 속이 상했다. 그리고 오디션 보는 것도 겁이 났다. 지금까지는 얼마나 겁이 나는지 잘 깨닫지 못했다. 무대에

오르면 단조롭고 지루한…… 회색빛 연기를 할 것만 같았다. 색칠하기 전 엄마가 그린 사람의 윤곽처럼, 색깔 도둑이 남긴 이미지처럼. 지루한 연기보다 더 나쁜 것은 없었다.

"나, 무서워, 엄마."

나는 엄마의 손을 잡았다. 엄마의 손이 생각보다 따뜻해서 계속 말할 용기가 났다.

"맥베스 부인 연기를 어떻게 해야 할지 모르겠어. 루는 내가 오디션 보는 게 싫은가 봐. 몇 달 동안 내가 목을 빼고 기다린 걸 알면서 그래. 사실 오디션 보는 걸 잊어버리긴 했지만. 그리고 루가 그렇게 말한 건 아닌데, 내가 아직도 잘할 수 있는지 잘 모르겠어. 큰 배역이잖아. 나보다 잘하는 애들이 얼마나 많겠어."

'디지, 무슨 바보 같은 소리야. 진짜 잘할 거야. 너도 알잖아. 남들 말이 뭐가 중요해.'

엄마가 이 말 한마디만 해 주면 얼마나 좋을까. 그러곤 내 머리카락을 헝클어뜨리면서 엄마 앞에서 제일 어려운 부분을 연습해 보라고 하면 얼마나 좋을까.

난 엄마가 정말 그렇게 말했다고 생각하기로 했다. 그리고 일어서서 눈을 감았다.

"알았어, 엄마."

나는 시작했다.

"사라져라. 사라져라. 저주받은 핏자국이여……."

하지만 네 마디도 채 마무리하지 못하고 눈이 번쩍 떠졌다. 현실을 봤다. 눈을 감은 채 표정 없는 얼굴로 누워 있는 엄마를. 내가 지금 뭘 한 걸까. 빨간 분노가 가슴속에서 부글부글 끓기 시작했다. 물론 아무 반응도 없는 엄마 때문이었다. 적어도 어떤 느낌이라도 전해 오리라 생각했다. 엄마의 조언이 내게 스며들어 어떻게 하면 좋을지 알게 되리라 생각했다. 하지만 오로지 가슴속에서 차오르는 끔찍한 빨강이 무지막지한 힘으로 나를 덮칠 뿐이었다. 카랑카랑한 기계음이 머릿속에서 점점 더 크게 울렸다. 나는 외투를 집어 들고 허겁지겁 병실을 빠져나왔다.

기억의 고집

집에 돌아오자마자 곧장 내 방으로 갔다. 침대에 누워 엄마가 있는 병원의 이미지를 머릿속에서 지우려고 애썼다. 토비와 백조들을 생각했다. 그러자 서서히, 아주 서서히 마음이 차분해졌다. 토비와 나는 스파이크를 찾아서 도울 거다. 어쩐지 그런 확신이 들었다. 마일로가 슬그머니 방으로 들어와 침대 끝 내 발치에 누웠다.

큰 책꽂이를 더듬어 너덜너덜한 엄마의 《맥베스》를 꺼냈다. 맥베스 부인의 몽유병 장면에 아빠의 엘리펀트 프로젝트 안내 책자로 표시를 해 두었던 게 기억났기 때문이다. 오디션을 준비하려면 대사 외우는 데 집중해야 하는데 안내 책자를 훑었다.

"수천 년 동안 특정 문화에서는 상아를 귀하게 여겼고, 이때문에 코끼리들은 죽임을 당했다. 지난해 약 2만 마리의 코끼리가 상아 때문에 목숨을 잃었다."

나는 겁에 질려 2만이라는 숫자를 보았다. 정말일까? 하지만 아빠는 거짓말하는 법이 없다. 난 아빠를 믿는다. 이렇게 아름다운 동물을 죽이려는 사람들이 있다니 상상할 수 없었다. 새끼를 데리고 있는 어미 코끼리의 사진을 보았다. 눈가에 주름이 조금 잡혀 있어서 꼭 웃는 것 같았다. 나는 책상 서랍을 열고 빨간색 홀더를 꺼냈다. 혹시나 실수로 버렸을까 마음을 졸이며 정신없이 홀더를 넘겼다. 있었다. 엄마가 내열 살 생일에 만들어 준 코끼리 카드. 당시에 난 사파리 공원에서 코끼리에게 먹이를 준 뒤 코끼리에 푹 빠져 있었다. 아빠는 코끼리가 심각한 멸종 위기에 처해 있다고 알려 주고는 엄마를 향해 의미심장한 눈길을 보냈다. 아빠는 이미 사이먼 아저씨와 엘리펀트 프로젝트를 시작하기로 얘기가 돼 있었던 거다. 엄마는 나를 위해 굵은 연필로 주름 하나하나까지 정성껏 그려 넣은 카드를 만들어 주었다.

나는 코끼리를 한참 들여다보다 다시 빨간색 홀더에 조심스레 넣었다. 엄마는 어디에나 있었지만 어떻게 해도 닿을 수가 없었다.

삼십 분 뒤, 저녁 식탁에 앉았을 때 아빠는 엄마 얘기를 듣고 싶어 하는 눈치였다. 하지만 난 할 수 없었다. 대신 토비 얘기를 꺼냈다.

"맨슨 씨네 집에 이사 왔다고?"

린 고모가 물었다. 우리는 고모가 시키는 대로 할머니의 다이닝 테이블에 앉았다.

"진작 그랬어야지. 너무 오래 비어 있었어. 할 일이 산더미겠네. 난장판일 테니까."

"토비란 애는 괜찮니?"

이번엔 아빠가 물었다.

"응."

고모의 볼로냐 스파게티를 입안 가득 넣으며 내가 대꾸했다. 할머니가 집으로 가신 뒤로 이렇게 맛있는 음식은 구경도 못 했다. 아빠와 고모가 채 반도 먹기 전에 나는 접시를 비웠다.

"잘됐구나."

아빠가 말했다.

"그런데 학교는 잘 다니고 있는 거야, 이지?"

고모가 양쪽 눈썹을 이마 한가운데로 모으며 걱정스러운 표정으로 물었다. 악의 없는 질문이었지만 목소리에서 동정이 묻어났다.

"잘 지내요."

나는 퉁명스럽게 대꾸했다. 단 몇 분만이라도 다른 얘길 하면 어디가 덧나나? 그런 얘기는 원치 않는다는 걸 그렇게도 모를까?

"숙제는 힘들지 않니, 강아지? 도움 필요하면 언제든 말해."

"안 힘들어요. 금방 끝나요."

"그렇구나. 오늘은 무슨 수업 들었어?"

고모의 질문은 계속됐다.

그냥 위층으로 올라가 버리고 싶었지만 아빠와 고모는 아직 식사 중이었고 버릇없이 굴 수 없었다.

"어, 영어, 역사, 미술……."

"미술? 미술 시간에 뭐 하는데?"

아빠가 물었다.

"새로운 프로젝트를 시작할 거래. 리아 선생님이 뭔지는 아직 안 알려 줬어. 힌트를 두 개 줬는데 우리가 맞혀야 해. 꿈과 시계에 집중한 화가랑 관련된 뭔가를 할 건가 봐."

"달리!"

아빠가 말했다.

"달리?"

"살바도르 달리. 기억의 고집."

아빠의 눈이 반짝 빛났다.

"진짜? '기억의 고집'이 뭔데?"

"그림 제목이야. 너도 봤을걸? 시계가 축축 늘어져 있는 달리의 대표 그림이야. 난 그 시계가 참 좋더라. 너무 이상한데 너무 정확해.”

“무슨 말이야? 왜 그게 정확해?”

“시간이 얼마나 상대적인 건지 보여 주니까. 자, 보렴.”

아빠는 휴대폰을 꺼내 ‘기억의 고집’을 찾은 다음 내게 보여 주었다. 아빠 말대로 전에 본 적이 있었다. 어디서 봤는지는 기억나지 않지만.

고모가 그릇을 치우고 물잔 아래 생긴 동그란 자국을 야단스럽게 행주질하며 내 어깨 너머로 그림을 들여다봤다.

“그런데 제목이 왜 그럴까?”

고모의 질문에 아빠가 그림을 보며 대꾸했다.

“내 생각엔 간단해. 어떨 땐 기억이란 게 끊임없이 우리 곁에 있잖아. 원하든 원치 않든 말이야. 시간은 흐르고 시계는 움직이지만 우리는 계속 기억 속에 갇혀 있지. 쓸모없이 흐물거리는 시계가 항상 같은 시간을 보여 주는 건 그런 뜻이야. 또 마침내 탈출했다고 생각해도 기억은 늘 우리를 따라잡지. 전혀 생각지 못한 순간에 불쑥 나타나잖아.”

저녁 식사 후 나는 아빠와 함께 내 방으로 왔다. 고모의 명령을 거스르고 마일로도 데리고.

“괜찮니, 디지?”

아빠는 침대 끝에 걸터앉아 마일로를 무릎에 눕혔다.

"그럭저럭. 아빠는?"

아빠는 울적하게 미소 짓고는 벽의 그림으로 시선을 돌렸다. 아빠가 무언가 말하기를 기다렸지만 아빠의 표정에는 변화가 없었다. 아빠에겐 색깔이 사라진 것이 안 보이는 게 분명했다. 그 어느 때보다 쓸쓸한 기분이 들었다.

"좋아지고 있어."

나는 아빠의 손을 꼭 잡고 어깨에 머리를 기댔다.

"난 항상 저 그림이 제일 좋았다."

아빠는 긴 머리를 늘어뜨리고 발코니에 서서 아래를 내려다보는 줄리엣 모습을 한 나를 가리켰다. 지금껏 맡은 역할 중에서 내가 가장 좋아하는 역할이기도 했다.

"저 가발 너무 간지러워서 끝나고도 며칠은 계속 가려운 것 같았어."

"기억나. 네가 머리를 하도 벅벅 긁어서 우리는 이가 생긴 줄 알았지. 엄마가 머릿니 샴푸도 사 왔잖아."

"맞아. 근데 마일로가 쏟았잖아. 냄새가 어마어마했어."

"음…… 연기를 포기한 건 아니지? 나 혼자만 네가 진짜 어마스틱하다고 생각하는 거 아니야."

피식 웃음이 났다. '어마스틱'은 오래전 내 첫 연극을 보았을 때 아빠 입에서 튀어나온 말이었다. 아빠는 '어마어마하다'라고 해야 할지 '판타스틱하다'라고 해야 할지 몰라 두 단어를 섞어 말했고 이후 한 단어가 되어 버렸다.

"아빠는 여전히 너의 일 등 팬이야. 이 모습들을 봐. 아빠는 너만 할 때 크리스마스 연극 무대에 잘 서 있지도 못했어. 헤롯 왕의 신하 역할이었는데, 대사 한마디도 못 하고 왕의 망토만 붙잡고 있었어. 넌 정말 재능이 있어. 낭비하면 안 돼."

물론 아빠는 나의 일 등 팬이 아니다. 그 자리의 주인은 엄마다. 하지만 아빠의 말에 마음이 한결 가벼워졌다. 아빠가 방에서 나가고 한참 뒤 나는 아빠의 말을 생각했다.

루가 한 말 역시 머릿속에서 메아리쳤지만 지금은 아무 영향도 끼치지 못했다. 제미마가 '반 프로'건 말건 상관없다. 난 맥베스 부인 역에 도전할 거다.

사라진 파랑

터질 듯 숨 막히는 열기를 들이마셨다. 열기는 배 속을 채우고 가슴에서 부풀었다. 그림자 인간과 함께 공포가 스멀스멀 거미처럼 퍼지기 시작했다. 물기 어린 나의 눈은 필사적으로 사물의 윤곽을 분간하려 했다. 하지만 자욱한 회색에 뒤덮인 노란색과 주황색뿐이었다. 내 손은 눈먼 탐험가처럼 무기력하게 노란색과 주황색을 더듬었다.

"오른쪽을 보지 마!"

나는 듣지 않았다. 오른쪽을 바라보았다. 그리고 후회했다.

오른쪽에는 오직 빨간색뿐이었다. 오직 빨간색과 마음 아픈 공허뿐.

"보지 말라니까!"

색깔 도둑이 소리쳤다. 그러나 이미 늦었다.

3:57 a.m.

"준비 잘 했어?"

교실에 도착하자 프랭크가 물었다.

나는 고개를 저었다. 오늘 아침이었다. 대사를 다시 읊어 보려 했지만 머릿속엔 온통 벽 그림 생각뿐이었다. 잠에서 깨어난 직후 축복받은 몇 분간은 모든 것을 잊고 있었지만 눈을 뜬 순간 나는 소스라치며 현실로 돌아왔다. 파란색. 줄리엣 드레스의 짙은 남색이 사라졌다. 머리를 자르는 그림 속 하늘에서 파란색이 사라졌다. 처음 뽑은 유치 몇 개를 넣어 둔 작은 가방의 파란색도 세심하게 그려 넣은 남색 손잡이와 함께 사라졌다. 파란색이 노란색과 초록색에 이어 사라졌다. 소름 끼치는 공백이 나의 벽을 뒤덮었다.

나는 후들거리는 다리로 침대를 빠져나오며 마음속에서 색깔 도둑을 밀어내려 애썼다. 맥베스 부인이 먼저여야 하니까.

"난 마녀 포기했어."

나의 공황 상태를 눈치채지 못한 채 프랭크가 말을 이었다.

"너무 힘들더라고……. 다 때려치우고 아픈 척이나 할까 봐. 나 식중독 걸린 연기 특히 잘하거든. 야, 나 그 뱅쿼 할까? 있잖아, 맥베스가 죽인 남자."

프랭크가 배를 움켜쥐더니 욱 헛구역질 소리를 냈다. 그러고는 과장되게 바닥에 쓰러져 온몸을 비틀며 이리저리 책상에 부딪쳤다. 하지만 내 눈엔 프랭크가 들어오지 않았다. 지금 난 가능성이 있다고 스스로 속이고 있는 건 아닐까? 오디션을 그만둘 이유는 차고 넘쳤다.

"저기⋯⋯."

강당으로 가는 길에 프랭크가 나를 불렀다. 프랭크는 얼굴을 발그레 붉히며 접힌 종이 한 장을 건넸다. 펼쳐 보니 물결처럼 굽이치는 긴 망토를 입고 무대에 선 여자 주위로 수많은 사람들이 입을 알파벳 오(O) 모양으로 크게 벌린 채 모여 있는 그림이었다.

"이 사람들 왜 이렇게 겁을 먹었어?"

나는 프랭크에게 작은 목소리로 물었다.

"겁먹은 거라니. 네가 너무 잘해서 경외심 가득한 얼굴이지."

하지만 프랭크는 그 이상 말할 기회를 잃었다. 윈치 선생님이 "자, 심판의 날이 밝았다. 드디어 오디션이다."라고 말했기 때문이다. 몇몇이 꺅 들뜬 비명을 질렀지만, 많은 아이들이 내뱉는 낮은 신음 소리에 묻혀 버렸다.

"먼저 이름 붙은 배역에 관심 없고 조명, 의상, 무대 디자인에 참여하고 싶은 사람은 손을 든다."

나는 손을 움찔대다가 마지막 순간에 그만두었다. 윈치 선생님은 오디션 안 볼 아이들을 강당 한쪽으로 모아 그룹을 나눈 다음 연극과 관련된 다른 프로젝트를 하도록 했다. 몸을 비틀며 쓰러지는 연기가 만족스럽지 않았던지, 프랭크는 어디선가 가짜 피 한 봉지를 구해 와서 열심히 물어뜯고 있었다.

윈치 선생님은 남은 아이들을 도전하는 배역에 따라 나누었다. 제미마가 입가에 얼핏 웃음을 띠며 내게 의미심장한 눈길을 보냈다. 그러고 보니 나란히 앉아 작은 목소리로 속닥거리는 제미마와 루는 무척 닮아 있었다. 반짝거리고 굽이 높은 신발에 쫙 편 머리 그리고 비웃는 듯한 표정까지, 누가 누구인지 구별이 안 될 정도였다. 심지어 표범 무늬 휴대폰 케이스까지 똑같았다.

루가 나 대신 제미마로 절친을 갈아 치우고 있다는 걸 좀 더 빨리 눈치챘어야 했을까? 생각해 보면 조짐이 보였는데도 나는 신경을 쓰지 않았다.

윈치 선생님이 돌아왔다.

"너희는 '사라져라, 저주받은 핏자국이여!' 부분을 오디션 보도록 한다. 이 부분은 맥베스 부인이 실성해서 자신이 남편에게 죽이라고 했던 사람들의 환영에 시달리는 장면이다. 몇 분 동안 연습한 다음 아이들 앞에서 연기하도록."

이미 다 외운 대사였다. 그런데 머릿속이 초록, 파랑, 노랑이 사라진 내 방 벽처럼 텅 비어 버렸다. 잘 해낼 리가 없었다.

그때 프랭크가 슬그머니 다가와 옆에 앉더니 내 손을 꽉 잡았다. 모나는 나를 향해 등 뒤에서 손가락을 꼬아 보였다. 그러자 별안간 까맣게 잊었다고 생각한 대사들이 머릿속에서 순서대로 제자리를 찾았다.

이번 학기가 시작될 때 전학 온, 키가 껑충하고 깡마른 노라가 맥베스 부인 역을 지원한 세 명 중 첫 번째였다. 노라를 보는 순간 나는 노라가 곧 후회하리란 걸 알았다. 대본을 쥔 노라의 손은 덜덜 떨렸고 대사를 연거푸 더듬으며 어떤 부분은 몇 번씩 반복했다. 연기를 마치고 난 뒤 아이들 사이로 돌아가 앉은 노라는 양손으로 머리를 감쌌다. 몇 분 뒤 내 모습이 꼭 저럴 것만 같아 속이 딱딱하게 굳었다.

제미마가 그다음이었다. 제미마는 거침없이 대사를 읊으며 당당하게 무대 여기저기를 누볐고, 눈동자는 미친 여자처럼 헤맸다. 망설임 없이 손을 씻는 연기를 보자 등골이 서늘해졌다. 훈련을 잘 받았다는 데 의심할 여지가 없었다. 제미마를 바라보며 윈치 선생님은 만족스러운 듯 고개를 끄덕이고는 눈을 가늘게 뜨고 메모를 했다. 따라잡기 힘든 상대였다.

끝장이었다. 나는 무대 위로 올라가 눈을 감았다. 귀에서 맥박 소리가 둥둥 울렸다. 그 순간 한 생각이 머릿속으로 꿈틀꿈틀 기어들었다. 우리는 별로 다르지 않다는 생각. 정말 그랬다. 맥베스 부인과 나, 우리는 끔찍한 일을 저질렀다. 몹시 끔찍한 일을. 뿐만 아니라 우리는 그로 인해 벌을 받고 있었다. 맥베스 부인은 핏자국으로, 나는 엄마로. 나도 모르는 사이에 내가 대사를 읊고 있었다. 내 목소리인지 맥베스 부인의 목소리인지 알 수 없었다. 죄책감이 입 밖으로 쏟아지고, 눈앞에서 관객이 사라지고, 주위가 고요해졌다. 그리고 대사를 읊는 사이 기억 하나가 의식의 표면 위로 떠올랐다. 과거의 기억이었다. 작년 연극 공연 커튼콜 때, 맨 앞줄에 앉아 열광적으로 박수를 치던 엄마의 모습.

연기를 하는 내내 그 기억에 매달려 엄마 얼굴에 피어오르던 자랑스러움만 생각했다. 엄마가 내 손에 닿을 듯했다. 정말 닿을 듯했다. 나도 모르는 사이에 연기가 끝났다.

찰나의 침묵이 흐른 뒤, 아이들 속에서 와락 박수가 터졌다. 처음으로 듣는 엄청나게 큰 박수였다. 하프리트가 감탄하며 휘파람을 휘휘 불었고, 모나는 내게 양쪽 엄지손가락을 들어 보였다.

"와, 말도 안 돼!"

프랭크가 환호했다. 뒷줄의 여자애들 몇 명은 기립 박수를 쳤고 윈치 선생님은 금방이라도 터질 것 같은 얼굴이었다.

"굉장해, 이지! 정말 굉장해."

무슨 일이 일어나고 있는지 잘 파악이 안 될 지경이었다. 내 자리에 조용히 앉자 뒷줄의 아이들이 내 등을 토닥였다. 여자애들 두어 명이 내가 얼마나 섬뜩했는지 이야기하는 소리가 들렸다.

"다들 조용히!"

선생님의 주의로 순식간에 조용해진 가운데 제미마에게 말하는 루의 말꼬리가 귀에 걸렸다.

"하라 그래. 그래 봐야 루저잖아. 쟨 이거 말고는 아무 희망이 없어."

그때였다. 눈앞의 세상이 위태롭게 기울었다.

교장실

다음 순간, 나는 루와 함께 교장실 밖에 서 있었다. 윈치 선생님은 안으로 사라지고 없었다. 교장 선생님은 '중사'라 불렸다. 철모를 쓴 듯한 짧은 회색 머리와 한 치의 허튼짓도 용납하지 않는 생활 태도 탓이었다. 윈치 선생님이 교장실에 있는 동안 루와 나는 속수무책으로 바닥만 내려다봤다. 나는 토하지 않으려고 애를 썼다. 분명 내가 루에게 뭔가 심각한 짓을 한 모양이지만 고개를 들고 알아볼 엄두가 나지 않았다.

중사실에 가 본 적은 한 번도 없지만 들어갔던 아이들에게 이야기는 무수히 들었다. 한 번은 학생 식당에서 11학년이 말하는 걸 우연히 들었는데, 교장 선생님에게 불려 간 뒤 3주간 매일 점심시간마다 강추위 속에서 네트볼 경기장 청소하는 벌을 받았다고 했다. 게다가 교장 선생님이 보는 앞에서 부모님께 전화를 걸어 자기가 저지른 잘못을 스스로 말하게 했고, 부모님은 그해 말까지 외출 금지령을 내렸다고 했다. 중사란 별명이 괜히 붙여진 게 아니었다.

몇 시간은 지난 것 같은 기분으로 옛날식 놋쇠 손잡이가 달린 나무문 앞에 루와 둘이 서 있었다. 주변 교실에서 수업하는 소리가 희미하게 들렸다. 루는 내 옆에서 초조하게 딸꾹질을 하며 눈가를 훔쳤다.

마침내 윈치 선생님이 나타나더니 우리에게 안으로 들어오라고 했다.

예상대로 중사실은 흠잡을 데 없이 각이 딱딱 잡혀 있었다. 중사가 린 고모를 만난다면 만나는 순간 영혼의 단짝이 될 거다.

방 끝의 짙은 색 나무 책상 위에는 홀더와 서류들이 한 장도 흐트러짐 없이 단정하게 쌓여 있었다. 컴퓨터에 연결된 모니터 두 개는 정확히 45도 각도로 마주 보고 있고, 곁눈으로 보니 빛나는 금색 펜촉이 달린 만년필이 그에 걸맞은 특별한 초록색 벨벳 거치대에 놓여 있었다. 중사가 굵은 손가락으로 만년필을 쥐고 각종 처벌과 퇴학 서류에 쓱쓱 사인하는 모습이 떠올랐다. 나는 애써 이런 생각을 떨쳐 버렸다.

나는 완벽히 손질된 가죽 의자 중 하나에 앉았다. 많은 사람의 무게 때문에 앉는 자리가 푹 꺼져 있었다.

루와 윈치 선생님은 맞은편 크림색 소파 끝에 걸터앉아 각각 카펫 위 다른 곳을 응시하고 있었다. 발밑 카펫의 무늬가 빙글빙글 소용돌이치며 어마어마한 현기증이 몰려왔다. 내가 무슨 짓을 한 걸까? 루와 눈을 마주치려고 계속 바라보자 결국 루도 고개를 들었다. 루의 얼굴은 여전히 붉게 달아올라 있었다. 겁에 질린 루의 얼굴을 보자 끔찍한 기분이 들었다. 입 모양으로 '미안해!'라고 했지만 루는 고개를 돌려 버렸다.

중사는 손깍지를 끼고 책상에 기대어 섰다. 가까이서 보니 생각보다 젊어 보였지만 그렇다고 덜 무서운 건 아니었다.

"무슨 일이 있었나요? 팩트를 말해 주세요. 제가 원하는 건 팩트예요. 감정은 필요 없고 팩트만 말씀하세요."

"이지가 루를 밀었고 루가 뒤로 넘어지며 소품실 바닥에 머리를 찧었습니다."

윈치 선생님이 간결하게 말했다.

내 목구멍에서 헉 소리가 터졌다.

중사가 눈을 반짝이며 나를 내려다봤다.

"이지, 도대체 무슨 생각이었던 거니?"

루의 오른팔 위쪽으로 보랏빛 멍이 번지고 머리 한쪽에는 자두 모양의 혹이 부풀어 있었다. 소품실은 무대 몇 미터 아래에 있으니 루는 뭔가 뾰족한 것 위로 떨어진 게 분명했다.

어쩌면 윈치 선생님의 책상이었을지도. 어떻게 이런 일이 있을 수 있을까? 어떻게 내가 무슨 짓을 하는지, 하면서도 전혀 모를 수가 있을까?

"잘못했어요."

내가 웅얼거렸다.

중사의 짙은 눈썹 한쪽이 철모 같은 머리카락 아래로 사라졌다. 나는 중사의 표정을 읽을 수 없었다.

"왜 그랬지?"

"모르겠어요. 생각이…… 아무 생각이 안 나요."

"루가 화나게 했습니다."

윈치 선생님이 루를 힐끔 보며 말했다.

"이지에게 뭐라고 했지, 루?"

루는 움찔했지만 입을 꾹 다물었다. 루의 등 근육이 뻣뻣해지는 것이 보였다.

"이지를 '루저'라고 부르며 이지는 아무 희망이 없다고 했습니다."

루가 절대 입을 열지 않을 것이 분명해 보이자 윈치 선생님이 정확히 보고했다.

귀가 먹먹한 침묵이 방 안을 가득 채웠다.

후유, 중사가 길게 한숨을 쉬며 만년필을 집어 들더니 손가락 사이에서 굴렸다.

"루, 많이 다쳤니?"

드디어 중사가 물었다.

"아니요."

대답하는 루의 아랫입술이 파르르 떨렸다.

보랏빛 멍이 루의 팔꿈치까지 번지는 걸 보자 죄책감이 더 큰 무게로 나를 짓눌렀다.

"보건 선생님한테 가서 괜찮은지 확인해 보고 윈치 선생님이랑 교실로 돌아가렴. 그리고 수업이 다 끝난 다음 다시 이리로 와야 한다. 너랑 나랑 몇 가지 이야기해야 할 게 있는 것 같구나. 그 전에 먼저 어머니께 연락을 드릴 거고."

"제발…… 연락은……."

루가 말을 하다 말고 중사의 눈빛에 입을 도로 닫았다. 중사의 두 눈은 계속할 테면 해 보라는 듯 루의 얼굴에 구멍을 내고 있었다.

"말하기 전에는 생각을 해야 해, 루."

윈치 선생님과 루 뒤로 문이 닫히자 나는 의자 깊숙이 몸을 묻었다. 무슨 이유에서인지 중사에게도 아이가 있는지, 있다면 그 아이들도 중사를 무서워하는지 궁금해졌다.

"죄송해요. 루를 밀치다니 무슨 정신이었는지 저도 모르겠어요……. 사실은 제가 그랬다는 것도 몰랐어요."

그때 중사의 입에서 전혀 예상치 못한 말이 나왔다.

"죄송할 거 없어."

"네?"

"말 그대로야. 나도 평소에는 이런 말 안 해. 그런 감정 느꼈다고 미안해할 건 없어. 그래, 밀진 말았어야지. 루가 당할 만한 행동을 했다고 해도. 잘 들으렴. 인생을 살다 보면 대응을 해 줘야 할 말이나 행동을 수없이 겪게 된단다. 하지만 불행히도 그렇다고 그 사람들을 밀치거나 때려도 된다는 뜻은 아니야. 네가 화가 난 건 지극히 당연한 일이야. 최근에 그런 일을 겪었으니……. 용감하게 잘 대처해 왔는데 루 같은 애가 못되게 구니까 당연히 발끈했겠지."

얼굴이 새빨갛게 불타올랐다. 차라리 내게 소리를 치고 한 달 내내 벌을 주고 조회 시간에 일으켜 세워 루에게 사과를 하라고 하는 게 나을 것 같았다. 뭐라도 이보다는 나을 것 같았다. 그렇지만 나는 이해했다. 피도 눈물도 없는, 세상에 이보다 더 군인 같은 여자가 있을까 싶은 교장 선생님이 나를 안쓰럽게 여겨 너그럽게 변했다는 걸.

"저, 괜찮아요."

교장 선생님은 내게서 눈을 떼지 않으며 타닥타닥 손톱으로 책상을 두드렸다. 작은 병사들이 행군하는 것 같았다.

"이지, 루가 상처 주는 말을 한 게 이번이 처음이니?"

중사는 조심스레 내 눈을 살폈다.

"네."

물론 아니었지만 그렇게 대답했다. 이 대화가 최대한 빨리 끝나길 바랄 뿐이었다.

"또 이런 일이 생기면 그땐 나한테 바로 알려야 한다. 알았지?"

"네, 꼭 그럴게요."

"그래……. 다른 건 다 괜찮지?"

"네, 잘 지내요."

목소리를 차분하게 내려고 갖은 애를 썼지만 생각보다 너무 큰 소리가 튀어나왔다.

"그래, 이지. 교실로 돌아가렴."

나는 고개를 끄덕이면서도 아빠에게 전화를 하거나 집으로 편지를 보내는 어떤 조치도 없이 정말 이렇게 가볍게 끝나는 건지 잘 믿기지 않았다.

이윽고 나는 다시 교장실 밖 복도에 있었다. 이제 무얼 해야 할지 갈피를 잡을 수가 없었다.

조토

정처 없이 걸었다. 수업을 더 들을 자신이 없었다. 맥베스 부인 사건 이후로는 도저히 그러기 힘들었다. 나는 교무실에 가서 아프다고 말했다. 아빠가 데리러 와 주길 바랐다. 아빠에게 모든 것을 털어놓고 싶었다. 악몽도, 루 이야기도, 내 방 벽 그림도, 불가사의한 색깔 도둑도. 그리고 이 모든 일이 전부 내 잘못이란 것도. 나는 참을성 있게 아빠가 오길 기다렸다.

아빠는 오지 않았다. 대신 린 고모가 와서 어디가 얼마나 아픈지 이마의 열을 짚어 보며 야단법석을 떨었다.

"아빠는요?"

교문 밖으로 나오자마자 내가 물었다.

"집에 있단다, 아가. 쉬고 있어. 아빠도 좀 쉬어야지. 그런데 어찌해야 할지 잘 모르겠구나. 너희 아빠가 바쁘게 일하는 게 나을지 아니면 그냥 잠시 그만두는 게 나을지. 아무튼 이미 병원에도 다녀왔고 지금쯤 잘 거야."

나는 말없이 고모를 따라가 일부러 뒷자리에 탔다. 그러면 옆에 앉을 때만큼 질문을 받지 않을 거라 생각했다. 이내 나의 작전은 아무 소용이 없다는 걸 깨달았다.

"오늘 어떻게 지냈어?"

고모가 백미러로 나를 보며 물었다.

"잘 지냈어요."

"언제부터 몸이 안 좋았는데?"

'40일 하고도 대략 4시간 전'이라고 말하고 싶었지만 아무 말도 하지 않았다. 고모는 포기하지 않고 계속 백미러로 나를 지켜봤다. 너무 뚫어져라 바라보는 통에 도로는 쳐다보는 건지 걱정이 됐다.

결국 나는 입을 열었다.

"낮부터요. 점심 먹은 직후부터. 안 좋긴 했는데 괜찮을 거예요."

"그래, 그래야지. 너도, 너희 아빠도 다 괜찮을 거야. 힘든 게 나아지진 않겠지만 그래도. 그렇지?"

"네……."

이런 상황에서 대답은 짧을수록 좋다.

"아, 아침에 너희 아빠 데려다주다가 우연히 네 친구 루 엄마를 만났지 뭐니."

나도 모르게 하 소리가 튀어나왔지만 고모는 눈치채지 못했다. 아침에 만났다면 셸리 아줌마가 오디션 때 일어난 일을 알 리가 없지만 그래도 초조해 미칠 것 같았다.

"아줌마가 뭐래요?"

"너랑 루 사이가 틀어진 것 같다면서 아마도 루 잘못 같다고 그러더라. 무척 속상해하는 눈치였어. 설명하려고 애쓰더라고. 루가 원래 그런 상황을 잘……."

"상관없어요."

나는 고모의 말을 잘라 버렸다. 너무 벌컥 말하는 바람에 고모의 오른발이 브레이크를 확 밟았다. 뒤차가 빵 경적을 울렸다. 집 앞에 이를 때까지 고모와 나는 한마디도 더 하지 않았다.

나는 차창 밖으로 스펙트럼처럼 물든 나무들을 물끄러미 바라봤다. 빨강, 주황의 가을 나뭇잎들이 필사적으로 매달려 겨울을 준비하고 있었다. 새 한 쌍이 하늘에 까만색 브이(V)자를 그리며 급히 하강하는 모습에 눈이 머물렀다.

집에 도착하자 마일로가 정신없이 짖으며 달려들어 나를 반겼다.

"마일로 산책했어요?"

"마당에서 좀 뛰었어. 사실 내가 오늘 시간이 없었어, 이지. 장도 보고 또……."

"지금 데리고 나가도 돼요?"

내가 말을 끊었다. 가고 싶은 곳은 확실했다.

"몸도 안 좋다면서 누워 있지 그래. 속 좀 가라앉게 페퍼민트차 한잔 만들어 줄까? 산책은 나중에 나은 다음에 가면 되지."

젠장, 아프다고 거짓말한 걸 까맣게 잊어버렸다.

"많이 좋아졌어요. 신선한 바람 좀 쐬고 싶어요."

내가 둘러대자 고모는 주저하는 눈빛으로 나를 보더니 한숨을 내쉬었다.

"그래, 그렇다면 뭐…… 잠깐만 돌고 와. 오래 있지 말고. 그리고 너 들어오기 전에 고모하고 아빠는 나갈지도 모르니까 열쇠 갖고 가. 세 시에 아빠 병원에 데려다줘야 하거든."

"병원에요? 왜요? 무슨 일인데요? 아빠 아파요?"

내가 따지듯 물었다.

"몸이 아픈 건 아니야, 이지. 알겠지만 그냥 마음이 많이 힘들어서…… 병원에 가면 도움이 될 것 같아. 꼭 그럴 거야."

고모의 목소리가 희미하게 떨렸다.

"이따가 미트볼 할까 하는데. 너 우리 집에 오면 항상 미트볼 잘 먹었잖아. 오늘 저녁으로 어떠니?"

"네, 좋아요."

나는 열쇠 바구니에서 열쇠를 챙기고 마일로에게 목줄을 채웠다. 다시 문밖으로 나오자 기분이 나아졌다. 물론 나도 아빠가 걱정된다. 하지만 아빠와 고모가 모두 그렇게 아빠 생각뿐이라면 학교에서 있었던 일은 절대 말 안 할 거다.

나는 곧장 토비네 집으로 갔다.

짧고 삐죽삐죽한 금발 머리의 여자가 문을 열었다. 양 볼에는 은하수 같은 주근깨가 내려앉아 있었다.

"네가 이지구나? 난 애나, 토비 엄마야. 토비가 네 얘기 많이 했어. 들어오렴. 토비는 뒤쪽 방에서 공부하는 중이란다."

애나 아줌마가 마일로의 머리를 쓰다듬었다. 밖에 내놓아야 한다는 말 따윈 하지 않았다. 나는 바로 아줌마가 좋아졌다.

"뭐 좀 먹을래? 아님 차 한잔 줄까?"

"괜찮아요. 감사합니다."

"미안. 부엌이 난장판이지? 오늘 생물 수업을 하면서 세포 구조를 공부했어. 집 안에 있는 물건들로 인간 세포랑 식물 세포를 만들어 봤단다. 대부분 부엌에 있는 것들이지."

"안녕?"

토비의 방일 거라고 짐작한 곳에서 토비가 나왔다. 무릎에는 꿀렁거리는 빨간색 무언가가 놓여 있었다.

"적혈구야. 더 정확히는 거대한 식용 적혈구. 젤리로 만들었거든. 적혈구에는 핵이 없다는 거 알고 있었어?"

"아주 잘 만들었네. 그런데 적혈구가 왜 중요하다고?"

애나 아줌마가 대꾸했다.

"적혈구가 몸속 여기저기로 산소를 운반하니까. 인간에게는 적혈구가 평균 30조 개 있대. 엄청나지 않아? 사람 몸에는 빨간색이 정말 많아."

토비의 말에 배 속에서 공포가 와락 요동쳤다. 그리고 기억 하나가 떠올랐다.

"그렇지."

애나 아줌마가 맞장구쳤다.

"다른 색도 많아. 장기 중에 보라색도 있고, 정맥은 파랗게 보이고, 피부는 여러 빛깔이지. 인체는 그야말로 색깔로 가득하단다."

"나가서 마일로 산책시킬래?"

내가 토비에게 물었다.

"그래, 이건 나중에 마저 해야겠다. 엄마, 이따가 같이 치울게. 스파이크가 괜찮은지만 확인하고 올게."

"그래, 확인해 봐. 그런데 토비……."

"응?"

"강에는 또 들어가면 안 돼. 지난번엔 정말 운이 좋았던 거야. 거기 물살이 진짜 빠르다더라. 마일로도 탈출하지 못하게 목줄 잘 채워 둬. 둘이 서로서로 잘 지켜보고."

"그럴게. 걱정 마."

"너희 엄마 진짜 멋지다. 너도 알지?"

밖으로 나왔을 때 내가 말했다.

"응, 정말 대단하지. 근데 엄마한텐 그런 말 잘 안 한 것 같아."

토비의 말에 나는 잠시 생각에 잠겼다. 우리 엄마도 토비와 똑같았다. 엄마는 무슨 생각을 하는지 절대 알 수 없었고 나는 엄마의 그런 점이 좋았다. 엄마에게 학교 일을 그만두라고 말하는 사람들이 있었다. 스트레스가 너무 많고 급여도 적다는 이유였다. 특히 외할머니는 입만 열면 그 얘기였다.

외할머니가 또 한 번 그 얘기를 꺼냈을 때, 난 엄마가 평소처럼 웃어넘기면서 딴 데로 말을 돌릴 줄 알았다. 엄마는 심각한 얘기를 길게 하는 걸 질색했다. 그런데 엄마가 하던 일을 멈추고 할머니를 똑바로 보았다.

"내가 싫은 일을 억지로 할 사람으로 보여요?"

외할머니는 엄마의 반응에 이상하리만큼 충격을 받았다. 그리고 그런 말은 다시 입도 뻥끗하지 않았다.

이런 생각을 하다 보니 토비가 우리 엄마를 보면 무척 좋아할 거라는 확신이 들었다. 엄마와 토비는 죽이 척척 맞을 것 같았다. 우리 엄마를 만나 보겠냐는 말이 목구멍까지 올라왔지만 차마 묻지는 못했다.

아마도 시시콜콜 엄마에게 다 말할 수 있는 토비에게 질투가 나서일 거다. 애나 아줌마는 이미 마일로의 이름도, 스파이크 이야기도 다 알고 있었다. 엄마가 두 배로 속 태울 걸 알면서도 토비는 마일로를 구조한 무용담까지 이야기했나 보다. 난 아빠에게 아무 말도 못 했다. 적어도 자세히는. 하고 싶었지만 말하고 싶을 때마다 아빠는 병원에 있었고, 아빠의 머릿속은 온통 엄마 걱정뿐이어서 다른 건 들어갈 자리가 없었다. 아빠가 할 수 있는 일이 아무것도 없는데도 그랬다. 우리는 할 수 있는 일이 아무것도 없었다.

강으로 향하는 길을 걷는 동안 마음속에서 무력감이 자꾸 커졌다.

"지금까지 스파이크에 대해서 별걱정이 없었는데 갑자기 걱정이 돼. 너무 약하고 힘이 없잖아. 게다가 마일로 구하느라 먹이도 못 줬고."

나는 토비에게 속마음을 털어놨다.

"물론 약하지. 그렇다고 스스로 못 할 거라 생각하는 게 말이 돼?"

발끈하는 목소리에 나는 화들짝 놀라 걸음을 멈추었다.

"괜찮아?"

"어. 안 괜찮을 이유가 없잖아. 그래 봐야 남들이 날 어떻게 생각하느냐일 뿐인데."

"너를?"

나는 무슨 상황인지 이해가 잘 안 됐다.

"다들 너무 쉽게 내가 할 수 없을 거라고 생각해. 그런데 난 할 수 있어. 네가 생각하는 것보다 훨씬 많은 것을. 전동 휠체어를 탈 수도 있었지만 난 내 힘으로 움직이는 걸 택했어. 휠체어 미는 힘을 기르기까지 정말 오래 걸렸지만 나는 해냈어. 진흙을 뒤집어써도, 어깨가 빠질 것 같아도, 원하는 걸 들고 다니지 못해도 나는 내 힘으로 움직여. 물론 도움이 필요할 때도 있지만 그건 남들도 마찬가지야. 스파이크도 지금은 도움이 필요하지만 그렇다고 계속 스스로를 챙기지 못한다는 뜻은 아니야."

토비가 강을 향해 빠르게 바퀴를 밀기 시작했다. 순간 심장이 덜컥 내려앉았다. 휠체어가 돌부리에 툭 걸렸고 토비가 허공을 가로질러 물속으로 떨어지는 줄 알았다. 다행히 휠체어 바퀴가 강둑 진흙탕에 빠졌고 토비는 중심을 잡고 멈춰 섰다.

"미쳤어? 너희 엄마가 뭐라고 하셨어? 왜 정신 나간 사람처럼 달리고 난리야. 강에 빠질 뻔했잖아!"

내가 소리를 질렀다. 토비는 어안이 벙벙한 얼굴이었다.

간발의 차이였다는 걸 깨달은 모양이었다.

"미안…… 미안해. 난 아직도 내가 도망치고 싶을 때 도망칠 수 없다는 걸 잊어버려."

나는 문이 사라진 밴 뒤쪽에 앉아 토비를 바라봤다. 그리고 다리를 움직일 수 없어 휠체어에 앉은 토비에 대해 생각했다.

"그게 어떤 걸지 상상도 가지 않아. 상상해 볼 엄두도 안 나. 당연히 넌 말도 안 되게 불공평하다고 생각하겠지. 그런데 내 생각에 넌, 어떤 일을 그냥 할 수 있는 정도가 아니야. 휠체어도 네가 마일로 구하는 걸 막지 못했잖아. 안 그래? 나라면 그렇게 못 했을 거야. 내가 스파이크 얘기를 한 건 가끔 난 정말로 아무것도 할 수 없다는 느낌이 들어서야. 나는 아무것도 바꿀 수 없거든."

말을 뱉자마자 나는 도로 주워 삼키고 싶었다. 어떻게 토비 같은 상황에 있는 사람에게 그런 말을 한 걸까?

토비가 나를 향해 그냥 웃어 보였다. 슬픈 미소였다.

"차라리 몰랐으면 얼마나 좋았을까 생각하기도 해…….사고 전에는 어땠는지."

토비의 파란 눈이 안경 뒤에서 껌뻑거렸고 처음으로 토비가 전처럼 당당하고 용감해 보이지 않았다. 그 모습에 난 토비가 더 좋아졌다.

"정말? 그게 정말이면 넌 완전 다른 사람일 텐데. 지금 나랑 여기 있을 일도 없고……."

그때 목줄에 묶여 있는 게 지루했던지 마일로가 토비의 무릎으로 뛰어올라 자리를 잡았다.

"바보같이 굴어서 미안해."

비로소 토비가 얼핏 미소 지으며 말했다.

"괜찮아. 이제 우리 스파이크 찾으러 갈까?"

나는 우리가 아끼는 스파이크가 무사히 잘 살아 있기를 바랐다.

토비와 나는 마지막으로 부부 백조와 새끼 네 마리를 봤던 장소를 들여다봤다. 백조들은 없었다.

"다른 쪽으로 이동했을까?"

"그럴 수도. 그런데 먹이 구하러 갔을 가능성이 더 커. 그렇다면 그리 멀리는 안 갔을 거야."

"난 저쪽으로 가 볼게. 너랑 마일로는 저쪽으로 가 봐. 다리까지만 가 보고 없으면 여기서 다시 만나자."

내가 방향을 가리키며 말했다.

"좋은 생각이야."

성가시게 이슬비가 부슬부슬 내리기 시작하는 바람에 수색은 더 힘들어졌다. 강도, 수풀이 우거진 강둑과 하늘도 모두 색깔이 빠져나간 그림처럼 희끄무레했다.

그때 차가운 회색 강물 위를 가로지르는 하얀색 움직임이 눈에 띄었다. 부부 백조였다! 뒤로는 새끼 네 마리가 바짝 따르고 있었다. 좀 더 가까이 다가가 살폈다. 무리 안에 스파이크는 없었다. 혹시 다른 녀석들 뒤에 처져 있지 않을까 생각했지만 까딱거리는 조그만 머리통은 더 보이지 않았다.

나는 수평선을 몇 분 더 눈으로 훑은 다음 발걸음을 옮겼다. 만나기로 한 장소에 토비는 없었다. 강둑에 앉아 기다렸다. 나도 모르게 무릎 위에 얹은 손이 자꾸만 떨렸다.

그때 갑자기 강가로 다가가는 토비가 보였다.

"이지, 이리 와 봐! 마일로가 찾았어. 풀숲 뒤에 숨어 있었어."

스파이크였다. 어리둥절한 얼굴로 몸을 부르르 떨었지만 무사히 두 개의 풀 무더기 사이에 자리를 잡고 있었다. 영리하게 바람을 막아 줄 장소를 고른 것이다. 길고 긴 감사의 한숨이 흘러나왔다. 문득 주머니 속 양상추 봉지가 기억났다. 나는 바로 봉지를 꺼내 몇 조각을 스파이크 옆 물가로 조심스레 던졌다. 그리고 마일로를 향해 조용히 있으라는 손짓을 했다. 이상하게도 마일로는 말이 필요 없을 정도로 얌전했다. 마일로는 고분고분하게 강둑에 엎드려 눈앞의 일들을 바라보았다.

일 분쯤 지나자 스파이크가 먹기 시작했다. 처음에는 작은 목구멍에 걸려 애를 먹었지만 이내 양상추를 잘게 잘라 삼켰다.

"백조들 온다."

토비가 조그맣게 말했다. 나는 고개를 들고 어미 백조가 새끼들을 데리고 오는 것을 보았다. 어미 백조는 부리에 무언가를 물고 있었다. 무엇인지 알아볼 틈도 없이 새끼 한 마리가 끄트머리를 홱 낚아챘다.

스파이크와 닿을 만큼 다가오자 어미는 스파이크의 부리에 자기 부리를 가져다 대며 남은 먹이를 주려고 했다. 그러나 푸드덕거리는 소리와 함께 다른 새끼 한 마리가 끼어들었다. 별안간 마일로가 벌떡 일어나더니 컹컹 짖으며 탐욕스러운 새끼 백조를 쫓아 버렸다.

"조용히 해!"

내가 마일로에게 소리쳤다. 하지만 마일로가 끼어든 덕분에 스파이크는 그나마 먹던 것을 마저 먹을 수 있었다.

"마일로는 스파이크를 지켜 주려고 그런 거야."

토비가 마일로의 귀를 쓰다듬으며 환하게 웃었다.

"봤지? 이러니까 우리가 계속 와서 스파이크가 잘 먹도록 도와줘야 해. 튼튼해져서 자기 힘으로 살아갈 수 있을 때까진. 이제 필요한 건 다 준비됐어. 그런데 그거 알아?"

"뭐?"

"백조는 엄청 똑똑하대. 책에서 봤는데 자기한테 친절하게 대해 준 사람을 기억한대. 그러니까 올 때마다 스파이크가 우리를 알아볼 거라고 기대해 보자."

"어이구, 백조 박사 나셨네."

이렇게 대꾸하면서도 속으로는 나도 토비의 말이 맞기를 바랐다.

토비와 나는 낚싯대와 양상추 두 봉지가 밴 안에 잘 놓였는지 확인했다. 나는 비가 와도 젖지 않도록 양상추를 구석에 밀어 넣었다. 강둑을 향해 걸으며 벌써부터 내일이 한없이 기다려졌다.

사라진 갈색

차가운 공기가 훅 날아들었다. 그림자와 연기가 걷히더니 억센 두 손이 나를 와락 흔들어 단번에 일으켰다. 피부가 똑똑히 보였다. 부드러운 가죽 같은 갈색 피부. 나는 그것이 누구의 손인지 알고 있었다. 그림자 인간. 색깔 도둑. 몸을 비틀어 손아귀에서 빠져나오려 했지만 남자는 내 얼굴에 무언가를 억지로 씌웠다. 유리 마스크처럼 차갑고 매끈했다.

밭은기침이 터지고 폐는 맹렬히 치솟는 빨간 분노로 가득 찼다. 빨강이 폐 속을 흘러 목구멍을 타고 빠져나오려는 게 느껴졌다. 나는 온 힘을 끌어모아 남자에게 저항했다. 남자가 나의 빨강을 훔쳐 가도록 둘 순 없었다. 이대로 빨강을 잃을 수는 없었다. 나는 미친 듯이 발길질을 해 댔다. 하지만 남자는 계속해서 내 얼굴에 마스크를 눌러 꽉 조이며 움직이지 못하게 했다.

5:54 a.m.

호흡이 정상으로 돌아오기까지 한참이 걸렸다. 침대를 빠져나와 천천히 창가로 갔다. 강 위에는 달이 없고 세상은 부연 어둠에 덮여 있었다. 어렴풋이 우리 밴의 윤곽이 보였다. 나는 밴의 뒤편을 후다닥 기어가는 딱정벌레를 생각했다. 그리고 스파이크와 토비를 생각했다. 가슴에 손을 얹고 숨을 들이쉬고 내쉬고, 들이쉬고 내쉬고 고르게 호흡하는 데만 집중했다. 아직 어두웠지만 무얼 해야 할지 알고 있었다. 어쩔 수가 없었다. 나는 침대 머리맡 탁자 위에 늘 놓아두는 작은 손전등을 들고 벽의 그림을 비췄다. 비추자마자 무엇이 사라졌는지 알 수 있었다. 빨강이 아니라는 것에 안도하는 내 모습이 퍼뜩 놀라웠다. 줄리엣 분장을 한 내 입술의 빨강도, 나와 함께 병원에 있는 엄마 잠옷의 빨강도 그대로였다. 사라진 것은 엄마 머리카락의 갈색뿐이었다. 엄마의 머리는 얼굴 주변으로 하얗게 축 늘어져서 마치 유령 같았다. 남은 색깔을 헤아리는 내내 배 속이 꿈틀대기 시작했다. 보라, 빨강 그리고 검정. 그림자 인간이 빨강을 훔쳐 가도록 둘 순 없었다. 그것만큼은 확실했다. 빨강과 보라가 사라지면 남는 것은 암흑의 날의 창백한 공허뿐일 것이다.

용기를 내서 우리 가족의 제대로 된 첫 휴가 그림에 작고

동그란 빛을 비췄다. 알프스 스키 여행이었다. 산 옆의 나무들은 색을 잃어 하얀 눈과 하나가 되었다. 엄마는 자신의 프랑스어 실력을 자신만만해하며 스키 강습소 아줌마와 제대로 의사소통을 했다고 생각했지만 어쩐 일인지 스키라곤 구경도 못 해 본 일곱 살의 나는 상급자 그룹에 들어가고 말았다. 벽에는 큼지막한 재킷과 모자를 걸친 채 코스 내내 비틀비틀 제설을 하며 산을 내려오는 내가 있었다.

그 휴가에서 가장 기억에 남는 건 리프트에서 스키를 잃어버린 일이다. 엄마, 아빠와 나는 스키를 찾으려고 몇 시간이나 눈밭을 헤집고 다녔다. 눈을 감으면 아직도 내 부츠 위로 떨어지던 눈의 결정이 느껴졌다. 부츠에서 클립이 딸깍 풀리자 빙글빙글 끝없이 커지는 원을 그리며 하늘을 가른 뒤 저 멀리 새하얀 눈밭 깊숙이 떨어지던 파란 스키도 보였다. 거기에서 돌연 기억이 멎었다. 아무리 애를 써도 스키를 찾았는지 못 찾았는지 떠오르지 않았다.

스키를 찾았던가? 아니면 그 동네 대여점에서 새로 빌렸던가? 나는 눈을 감고 기억 깊은 곳으로 파고들었다. 피곤한 나의 뇌는 협조하지 않았다. 누가 알려 줄 수 있을까? 유일한 사람은 아빠다. 아빠라면 알 거다. 나는 방문 앞에 멈춰 서서 망설였다. 아빠가 내게 화가 나 있진 않을까? 난 아빠가 바라는 걸 알면서도 병원에 다시 가지 않았다. 그러다 아빠가 며칠 전 내게 '어마스틱'이라고 말해 준 것이 떠올랐다. 발뒤꿈치를 들고 복도를 건너가 아빠 방문을 살짝 두드렸다. 대답이 없었다. 나는 조용히 안으로 들어갔다.

커튼이 열려 있어서 가로등 불빛이 침대로 쏟아졌다. 아빠는 이불이라는 바닷속 외로운 섬처럼 침대 한가운데 누워 있었다. 방에서 고모가 좋아하는 꽃향기 세제 냄새가 났다.

나는 침대 끝에 앉아 이불을 젖혔다. 아빠가 뒤척이더니 한쪽 눈을 떴다. 나는 터져 나오는 웃음을 꾹 눌렀다. 어렸을 때 나는 한밤중에 엄마, 아빠 방으로 가서 책을 읽어 달라고 조르곤 했다. 아빠는 못 들은 척했지만 참지 못하고 한쪽 눈을 반짝 뜨곤 했다. 그때와 똑같은 반응이었다.

"디지?"

"나, 스키 찾았어?"

아빠는 팔꿈치를 괸 채 몸을 일으켰고 가로등 빛줄기 속에 나를 바라보는 모습이 보였다. 무슨 말이냐고 물을 거라 생각했지만 아빠는 잠시 머뭇거린 뒤 함박웃음을 지었다.

"응, 찾았어. 몇 시간이 지나도록 못 찾아서 내가 포기하려고 했는데 네가 스키를 못 찾으면 샬레(스위스의 오두막집 – 옮긴이)로 안 돌아간다고 고집을 피웠지. 넌 리프트 타는 법도 몰랐어. 기억나? 공중에 다리가 대롱대롱 매달려 있었던 거? 만화에 나오는 풍선에 매달린 여자애 같았어."

"그럼 아빠가 잡아 줘야 했겠네?"

"당연하지."

아빠가 눈을 비볐다.

"몇 시야, 디지? 왜 이렇게 일찍 일어났어?"

"깼는데 잠이 안 와서. 그런데 갑자기 어떻게 됐었는지 기억이 안 나는 거야."

"음…… 기억날 거야. 기억은 나중에 따라오는 경우가 많거든."

"알아. 그래도 확인하고 싶었어. 아빠?"

"응, 디지?"

"엘리펀트 프로젝트 포기했어?"

"그게 무슨 말이야? 세상에는 만난 적은 없지만 내 도움이 필요한 동물들이 너무 많아. 언젠가는 너도 같이하면 좋겠다."

"뭐…… 그럴게."

아빠의 눈꺼풀이 다시 내려앉는 것을 보고 내가 불쑥 말했다.

"아빠, 미안해."

"뭐가?"

좋은 질문이었다. 나는 미안한 것이 하도 많아 터질 것만 같았다. 아빠에게 말로 설명하려 해도 결국 할 수 없을 것이다.

"엄마한테 매일 안 가서. 그냥…… 갈 수가 없었어……."

"알아. 쉿! 괜찮아. 쉽지 않은 일이야. 그냥 네가 할 수 있을 때 하면 돼."

그 어느 때보다 아빠에게 모든 걸 털어놓고 색깔 도둑에 대해 물어보기 좋은 순간이었다. 어떻게 해야 할지 아빠는 알 거다. 아빠라면 색깔 도둑을 막을 방법을 알 거다. 하지만 아빠의 눈은 완전히 감겨 버렸고 잠시 뒤 곯아떨어졌다.

나는 이불을 잘 덮어 주고는 천천히 내 방으로 돌아왔다.

"오늘 기분 어때? 잘 잤어?"

고모가 물었다. 고모는 아직 잠옷 바지에 커다란 티셔츠 차림이었다. 화장기 없는 고모 얼굴은 다른 사람처럼 온화했다.

"뭐, 그냥……."

사실 아래층에서 그릇이 쨍그랑거리는 소리에 눈을 떴다.

"시끄럽게 해서 미안. 환경미화원들이 오기 전에 다 내다 놓으려고."

고모는 재활용 쓰레기 꾸러미들을 현관으로 질질 끌고 있었다. 몇 개는 내용물이 여기저기 흐르지 않도록 두 겹으로 싸여 있었다. 악취가 코를 찔렀다. 마일로가 바쁘게 돌아다니며 봉지마다 코를 킁킁댔다.

"좀 도와줄래, 이지? 작은 봉지 좀 날라 줘."

나는 세 개를 한꺼번에 들었다. 너무 많다 싶었지만 억지로 끌고 앞마당으로 향했다. 잡초는 사라지고 잔디도 깎여 있었다. 엄마가 심은 라벤더도 단정하게 정돈돼 있었다. 이렇게 잘 관리된 모습을 보면 엄마도 기뻐할 텐데.

"이거 다 어디서 나왔어요?"

쓰레기봉투를 가리키며 내가 물었다.

"뒷마당. 냄새 안 났니? 쓰레기봉투가 여덟 개나 있는데 아무도 밖에 안 내다 놓고."

고모는 행주에 손을 닦으며 주제를 바꿨다.

"아침에 먹을 초콜릿 트위스트를 사 왔어. 네가 좋아할 것 같아서. 해티랑 믹은 일주일에 한 번은 먹어 줘야 한다지 뭐야. 흠, 내가 없으니 매일 식단 감시할 사람도 없고 신나게 먹고 있겠지. 그런데 계속 모의고사 보느라 힘들었으니까 특별식 좀 먹어도 되긴 해."

고모가 냉장고를 열었다. 박박 닦아서 반짝반짝 윤이 났다. 털 난 당근 따위는 보이지 않았다.

"오빠들 옆에 고모가 있어야 하는데……."

고모가 우리 집에서 보내는 시간을 생각하니 불쑥 양심의 가책이 느껴졌다.

"고모부 있으니까 괜찮을 거야. 당분간 여기서 지내고 싶어."

고모가 짧게 대꾸했다.

"이 병들은 수거함에 가져다 놓을 건데 나가는 길에 학교에 데려다줄까?"

식탁 위에 병들이 작은 유리 군인들처럼 줄줄이 늘어서 있었다. 몇 개는 커다랗고 투명한 와인 병이고 대부분은 갈색 작은 병이었다. 병들을 보니 벽에서 갈색이 사라진 것이 떠올랐다. 계단을 올라가 가방을 싸며 벽을 살폈다. 밝은 아침 햇살이 비추자 텅 빈 갈색 자리가 더욱 뚜렷하게 드러났다. 초록색과 더불어 갈색까지 사라지고 나니 계절이 바뀌었다. 푸르게 우거진 봄이 사라지고 겨울이 온 듯했다. 나는 벽 가까이 다가가 몇 센티미터 앞에서 그림을 들여다봤다. 아주 희미한 흔적뿐이지만 보면 볼수록 색깔이 아직 그 자리에 있다는 생각이 들었다. 마치 누군가가 색깔의 에너지와 영혼을 빼 갈 작정으로 스펀지를 대고 누른 것 같았다. 그런데 왜? 색깔 도둑은 왜 나의 색깔을 원하는 걸까?

오늘 밤에는 반드시 아빠에게 물어볼 거다. 이미 미룰 만큼 미뤘다.

새된 휘파람 소리가 공기를 갈랐다. 허겁지겁 창문으로 다가가니 강둑에서 내게 손을 흔드는 토비가 보였다. 표정이 잘 보이진 않았지만 들떠 있는 게 느껴졌다.

아래층으로 내려갔을 때 고모는 밖에서 재활용 쓰레기통 밖으로 넘치는 병들을 밀어 넣으려 씨름 중이었다.

"저 걸어갈게요. 태워 준다고 해서 감사해요. 그런데 별로 안 걸려요."

나는 재빨리 강으로 가는 길을 통과해 다리를 건넜다. 새로 빤 신발에 진흙이 쩍쩍 달라붙었고 토비 근처에 도착했을 즈음엔 발가락에 척척한 느낌이 들었다.

"무슨 일이야?"

내 인사에 토비가 대꾸했다.

"아무 일 없어. 그냥 어제 차고에서 이걸 발견했어."

토비는 무릎 위에 반듯이 놓인 통나무가 담긴 상자를 가리켰다.

"이걸로 스파이크 은신처를 만들 수 있을 것 같아. 우리가 없을 때 녀석이 어떻게 지낼까 걱정이 돼. 지금처럼 어릴 때는 탁 트인 물이 그렇게 안전하지 않을 것 같아서. 내 생각엔 이렇게 만들면 될 것 같아."

토비가 스케치 한 장을 보여 주었다. 얼핏 베란다가 딸린 작은 집 같았다.

"크기는 이 정도면 될 거야."

토비는 무릎 너비보다 조금 더 넓게 팔을 벌렸다.

"지붕이 있으면 조금이나마 보호가 되겠지. 추울 때를 대비해서 안에 지푸라기도 좀 넣어 주고."

"어디에 두려고?"

"그걸 생각하려고 여기 온 거야. 다리 밑에 툭 튀어나온 작은 땅 보이지? 내 생각엔 저기가 좋을 것 같아."

"그런데 거기는 물살이 세. 여기다 두면 어때? 물 위 나뭇가지 사이에다 끼워 넣어 보자. 스파이크를 처음 본 것도 여기고 또 항상 먹이를 찾아서 이리로 오는 것 같아."

내가 스파이크를 봤던 뽕나무 덤불을 가리켰다.

토비는 잠시 곰곰이 생각하더니 개중 커다란 통나무 두 개를 내게 건넸다.

"바닥으로 쓸 만큼 길이가 되는지 봐 줘."

토비의 지시에 따라 나는 조심조심 강둑을 내려갔다. 거의, 거의 다 내려갔을 때…… 쿵 소리와 함께 엉덩방아를 찧었다. 그러자 토비가 키득키득 웃는 소리가 들렸고 기분 좋은 온기가 배 속에 퍼지는 게 느껴졌다. 나는 깔깔대느라 일어나지도 못했다.

"완전 진흙 범벅이야!"

소리치는 토비의 목소리를 들으며 마침내 덤불에 도착했다. 가장 큰 가지 둘 사이에 통나무를 놓았다. 딱 들어맞았다.

나는 다시 강둑을 올라가 토비에게 통나무를 넘겼다. 토비는 아직도 몸을 반으로 접은 채 낄낄대고 있었다.

"비디오로 찍어야 했는데! 이지, 끝내줬어. 진짜 끝내줬어."

"닥쳐라."

나는 말하면서도 다시 웃음이 터졌다. 시계를 보니 옷 갈아입을 시간도 없었다. 나는 흙투성이 등에 가방을 둘러멘 다음 토비에게 학교 끝나고 만나자 하고는 황급히 자리를 떴다.

종이 울릴 때까지 몇 분의 시간이 있었다. 나는 화장실에서 심각한 부분만이라도 닦아 내려 했다. 상태가 엉망이었다. 신발에 묻은 흙을 그럭저럭 털어 내고 티셔츠를 벗어 가방에 말아 넣었지만 치마 뒤쪽은 방법이 없었다.

진흙에 신경을 너무 쓴 나머지 내가 교실로 들어간 순간 찬물을 끼얹듯 조용해진 이유가 그것 때문인 줄 알았다. 마치 누군가가 영화관에서 탁 소리를 꺼 버린 것 같았다. 내가 인사를 하자 모나와 하프리트가 책상을 내려다보며 내 눈을 피했다.

그때 뒷줄의 남자애 하나가 소리쳤다.

"1라운드 승자가 경기장으로 입장합니다. 자, 이제 모두가 궁금해하는 건 과연 언제 재시합이 이루어지고 또 누가 승자가 되느냐일 텐데요. 여러분, 저는 점심시간에 한 표를 걸겠

습니다. 자, 다들 모이세요!"

침묵의 진짜 이유가 이해된 것은 그때였다. 배 속의 거미가 미쳐 날뛰었다.

루는 늘 앉던 자리에 앉아 한 무리의 헌신적인 친구들에게 둘러싸여 있었다. 머리 옆쪽에는 하얀색 커다란 반창고가 붙어 있었다. 앞에는 "쾌유를 빕니다"라고 적힌 카드들을 정성껏 진열해 놓았다.

루 쪽을 바라보지 않으려고 안간힘을 쓰면서 자리에 앉았다. 책상 위에 쪽지가 보였다. 앞 장에는 신문을 읽는 남자의 모습이 조그맣게 만화로 그려져 있었다. 끝에는 "뒷장에 계속"이라 적혀 있었다. 뒷장을 보니 같은 남자가 신문을 구겨 쥐고 농구 골대를 겨냥했다.

그리고 그 아래 이렇게 적혀 있었다.

내일이면 다 지난 뉴스가 될 거야.

프랭크가 나를 보며 안심시키려는 듯 함박웃음을 지었다. 순식간에 거미들이 조용해졌다.

달리기

　1교시는 미술이었다. 루가 같은 수업을 듣지 않는 게 감사했다. 리아 선생님은 수수께끼를 푼 사람이 있는지 물었다. 물론 나는 답을 알았지만 관심을 끌고 싶은 기분이 아니었다. 조나가 대답했다. 조나는 '댈리'라고 이름을 잘못 발음했지만 선생님은 그냥 두었다. 선생님이 말했다.

　"달리는 자신의 그림을 '손으로 그린 꿈의 사진'이라고 자주 말했어요. 다음 프로젝트에서 여러분은 꿈을 영감의 원천으로 이용할 거예요. 우선 그렇게만 말해 두겠어요. 앞으로는 5주에 걸쳐 두 시간씩 작업할 테니까 정말 신중하게 생각해야 해요. 일단 대강 스케치를 해 보는 것도 좋겠죠? A3 용지를 나눠 줄 테니 목탄, 포스터물감, 유화 물감 아니면 교실에 있는 건 무엇이든 사용해도 좋아요."

　나는 종이를 앞에 두고 앉아 왼 손가락으로 짤막한 연필을 천천히 돌렸다. 처음엔 눈앞의 종이만큼이나 머릿속도 텅 비어 있었다. 그런데 스프레이 페인트 깡통들을 보는 순간 뭘 해야 할지 딱 떠올랐다. 엄마가 의뢰받은 초상화를 그릴 때 이런 기법을 쓰는 걸 본 적이 있다. 엄마도 처음엔 괜찮을지 확신이 없어 그냥 시험 삼아 해 보았는데 완성된 작품은 완벽했다. 초상화의 반은 스프레이 페인트로 그림자를 만들고 나머지 반은 빛을 받은 모습을 표현하는 기법이었다. 빛에 노출된 쪽 여자의 얼굴은 하도 생생해서 핏줄과 주름살까지 보였다. 같은 느낌의 그림자를 만들고 싶었지만 내 솜씨는 엄마 근처에도 못 갔다. 난 늘 엄마의 재능을 못 물려받은 걸 속상해했는데 그럴 때면 엄마는 말했다.

"넌 연기를 어마어마하게 잘하잖아, 이지. 욕심이 지나친 거 아니야? 남들하고 재능을 나눠 가져야지."

내 그림에 대해 대단한 기대는 없었지만 일단 해 보았다. 먼저 노란색 스프레이를 들고 종이에 뿜었다. 종이 한쪽 끝에 스프레이를 가까이 대고 내뿜어 강렬한 효과를 준 다음, 점점 스프레이를 종이에서 멀리 떼며 다른 쪽으로 이동해 끝부분에선 색이 희미하게 보일 듯 말 듯 처리했다. 그런 다음 파란색, 갈색, 보라색 스프레이를 같은 식으로 뿌렸다. 색깔들이 자욱한 연기처럼 격렬하게 번졌다. 이윽고 나는 목탄을 쥐고 뿌연 연기 속에서 등장하는 인물의 윤곽을 그리기 시작했다. 머리, 짙게 번진 그림자 같은 타원형, 길게 쭉 뻗은 두 팔과 무언가를 움켜쥐려는 듯 구부린 손가락 순으로. 너무 몰입한 나머지 프랭크가 내 작업대 다른 쪽 끝에 앉아 있는 것도 몰랐다. 힐끗 넘겨다보니 프랭크도 나처럼 스케치나 계획 없이 곧장 물감을 칠하고 있었다. 프랭크는 물감을 한 상자 통째로 가져다 두고 아무거나 열어 보는 눈치였다.

마침내 프랭크는 검정을 골랐다. 붓을 물감에 담근 다음 종이에 대고 열정적으로 휘휘 돌려 끝없이 이어진 하나의 고리를 만들었다. 혀끝을 입가로 쏙 내민 채.

"소용돌이야. 난 꿈속에서 계속 패러글라이딩을 해. 하늘 높이 올라가 구름 위를 날다가 갑자기 확 떨어져서 이 소용돌이 속으로 빨려 들어가. 블랙홀처럼 말이야. 시속 몇천 킬로미터 속도로 소용돌이 안에 내던져지는데 느닷없이 좀비가 나타나서 나를 쫓기 시작해. 그럼 난 미친 듯이 도망치고……."

프랭크는 몸소 재현해 보였다. 교실을 반쯤 가로지르며 냅다 몸을 내던져서 벽에 부딪친 다음 다시 나를 향해 죽 미끄러져 날아왔다. 나는 재빨리 물러나며 가까스로 충돌을 피했다.

"진정해."

리아 선생님이 씩 웃었다.

"인상적이다, 프랭크. 직접 안 보여 줘도 이미 그림에서 움직임이 잘 드러나네. 하얀색 위에 검정으로 효과를 준 건 마음에 들어. 그런데 질감을 조금 더해서 소용돌이로 빨려 들어가는 물건 아니면 사물의 조각을 보여 주는 건 어떨까? 자, 여기 철망을 써도 좋고…….."

리아 선생님이 프랭크에게 철망 한 장을 건네고는 내 그림 앞에 우뚝 멈춰 섰다. 나는 목탄을 문질러 그림자 인간과 주변의 색들을 조심스레 혼합하는 중이었다.

리아 선생님의 눈길이 부담스러웠다. 딴 데로 가서 다른 아이들 작품을 보며 평하길 바랐지만 선생님의 발은 내 옆에 고정되었다.

"이게 뭐니, 이지?"

"아직 다 못 했는데요."

"그래, 나도 아는데 무척 흥미로운걸. 작품 제목이 뭐야?"

"색깔 도둑요."

나는 별생각 없이 대답했다.

선생님이 당혹스러운 표정으로 나를 봤다.

"엄청난 제목인데? 그래……, 잘 지내고?"

목소리를 낮추며 선생님이 물었다.

"똑같아요."

점점 더워지는 기분이었다.

"무슨 말이라도 하고 싶으면, 알지? 나 어디 있는지. 그리고 보통 점심시간에는 여기 조용해. 여기 있을 테니까 와서 그림도 더 그리고 수다도 떨고 해."

"고맙습니다. 그런데 저, 할 말 없어요……."

나는 우물우물 말했다.

실험실에 제일 먼저 도착했다. 앞줄 황금 자리를 차지하는 루에게서 최대한 멀찌감치 떨어져 뒤쪽에 혼자 앉았다. 밤새 설친 잠이 나를 따라잡고 있었다. 기진맥진한 상태로 따뜻한 실험실에 앉아 있자니 눈꺼풀이 스르르 내려앉았다. 나도 모르게 잠이 들었다. 얼굴을 잘 알아볼 수 없는 누군가의 꿈을 꾸었다. 그자는 내 그림을 가져가 그 위에 수돗물을 흘렸고 색들은 흉측한 회색 흙탕물처럼 뒤섞여 하수구 속으로 사라졌다.

그만하라고 그자의 팔을 잡아당기는데 신경질적인 웃음소리가 들렸다. 눈을 뜨자 스물네 개의 얼굴이 나를 빤히 보고 있었다.

"뒤들 돌아. 구경났어?"

옌 선생님이 짜증스럽게 말했다. 내 얼굴은 수치심으로 불타올랐다. 제미마가 키득거리며 루에게 뭐라고 속닥거렸다.

옌 선생님이 재잘대는 소리를 뚫고 말을 이었다.

"두 사람씩 짝을 지어 인구 통계 프로젝트 계획을 세웁니다. 먼저 어떤 주제를 조사할지 고르세요. 눈동자 색, 머리색, 신발 크기 등 무엇이든 좋습니다. 그리고 포스터에 눈동자 색이든 머리색이든 차이가 발생하는 요인을 정리합니다. 그 다음에 반 학생들을 표본으로 삼아서 그 차이가 확산되는지 살펴봅니다."

"우린 위험한 인간들이 어떻게 확산되는지 알아보자."

루가 내 쪽을 힐끔거리며 들으라는 듯 속닥대는 소리가 들렸다.

"루, 주제에 집중하고 쓸데없는 소리는 그만두면 좋겠구나. 이제 남은 시간 동안 짝과 함께 계획을 짜고 다음 주에 이어서 합니다."

모두 짝을 찾느라 부산을 떨었다. 나는 가장 가까이에 앉은 모나를 쳐다봤지만 모나는 이미 하프리트와 짝을 지은 뒤였다. 왼쪽의 남자애 둘도 짝을 맺었다. 반 아이들 숫자가 홀수이고 혼자 남은 사람이 나라는 걸 깨닫기까지 오래 걸리지 않았다.

옌 선생님이 상황을 알아차리고 곧장 다가왔다.

"이지, 모나랑 하프리트랑 같이 하렴. 셋이서 같이 해도 돼."

선생님이 말했다. 하지만 선생님이 가자마자 모나와 하프리트는 겁먹은 얼굴로 나를 보았다.

"우리, 주제를 두 가지 조사하면 어때? 이지 네가 따로 한 가지 해서 나중에 포스터에 같이 정리하자. 네 자리 남겨 줄게."

모나가 제안했다. 나는 이해가 가지 않았다.

"할 일만 많아지잖아. 그냥 같이 하면 안 돼?"

내 질문에 모나와 하프리트가 잽싸게 눈길을 주고받았다.

"그냥 따로 하는 게 더 편할 것 같아. 왜냐면…… 네가 화라도 나면……."

"화가 나면?"

나는 얼굴이 너무 달아올라 녹아 버릴 것 같았다.

"루가 그러는데 너하곤 아무 말 안 하는 게 상책이라고……. 그러니까 까딱하면…… 주먹을 휘두를지 모른다고."

하프리트가 설명했다.

나는 바닥을 내려다봤다. 리놀륨 장판의 사각형 무늬가 눈앞에서 춤을 췄다. 중심을 잡으려고 책상을 꽉 잡았다.

"이지, 괜…… 괜찮아?"

모나가 묻는 소리가 들렸다. 나는 벌떡 일어나 아이들을 등지고 화이트보드에 필기를 하고 있는 옌 선생님을 지나쳐 황급히 문 쪽으로 향했다. 실험복 걸이가 줄지어 달린 침침한 과학 블록의 복도를 지나 네트볼 코트와 교무실을 지나쳤다. 한창 수업 중이어서 주변엔 아무도 없고 아무도 나를 보지 못했다. 족히 십오 분은 지나야 우리 반 아이들도 내가 교실로 돌아오지 않은 걸 깨닫겠지.

교무실 옆 큰 출입구를 바로 빠져나와 교문 밖으로 나왔다. 잠시 뒤 나는 거리 위에 있었다. 두 발은 여전히 행진하는 박자로 일정하게 움직였다. 왼발, 오른발, 왼발, 오른발.

나는 무의식적으로 공원을 향해 걸음을 옮기다 어느덧 뛰기 시작했고 이윽고 전속력으로 달렸다.

걸리버길을 따라 계속 달리며 길 이쪽저쪽으로 바람을 따라 가지를 벌린 유령 같은 나무들을 지나쳤다. 횡단보도의 사무직 직원들 사이를 통과하고, 잘 익은 자두와 반짝반짝 윤이 나는 사과 바구니가 늘어선 조시 아저씨의 구멍가게를 지나 재미슨 공원으로 들어섰다. 급수대 앞에 도착해서야 걸음을 멈추고 가장자리에 기대어 가쁜 숨을 몰아쉬었다. 누군가 따라오진 않았을까 둘러보았지만 아는 얼굴은 보이지 않았다.

어린아이들을 담요 위에 앉혀 놓고 피크닉 준비를 하는 엄마들 무리를 제외하면 공원은 텅 비어 있었다. 한 엄마가 재킷을 벗고 기지개를 켜며 날씨를 한껏 즐기고, 옅은 구름 틈 새로 밝은 빛이 번지는 것을 보고서야 맑고 화창한 날이라는 걸 깨달았다.

나는 놀이터와 테니스장을 슬슬 지나치며 가만히 발을 내려다봤다. 목적도 예정도 없이 가고 있다고 생각했는데 어느새 우리가 좋아하는 장소에 도착해 있었다. 거기에 있는 내가 놀랍지 않았다. 내 발은 스스로 어디로 향하는지 알고 있었나 보다.

건물은 잡초로 완전히 뒤덮여 있었다. 올여름엔, 내년엔, 내후년엔 재개발이 될 거라고들 했지만 실제로 일어난 일은 없었다. 엄마와 나는 잃어버린 테니스공을 찾으러 왔다가 순전히 우연으로 이 건물을 발견했다. 건물은 높다란 수풀 울타리 뒤에 숨겨져 있었는데 아직도 낡은 가설물이 지저분한 벽돌을 감싸고 있었다. 한때는 '위험'이라는 팻말이 붙어 있었겠지만 지금은 그마저도 떨어졌거나 삭아 없어져 버렸다.

이제 내 몸집은 울타리 구멍을 통과하기엔 지나치게 큰 듯했다. 구멍이 막혔거나 내가 자랐거나 둘 중 하나겠지. 나는 손으로 흙을 파내며 구멍에 몸을 욱여넣었다. 개미 떼가 획 흩어졌다. 잔가지들이 목덜미의 살갗을 긁었다. 별안간 빠져나갈 수 없다는, 아무도 나를 못 찾는 곳에 갇힐지 모른다는 강렬한 공황이 나를 덮쳤다. 앞으로 몸을 당겼지만 신발 끈이 걸리면서 다리가 울타리에 끼었다. 맹렬하게 발길질을 한 끝에 끈이 툭 끊어졌고 나는 있는 힘을 다해 몸을 끌어냈다. 흙투성이에 숨이 찬 상태로 울타리 너머 버려진 건물 앞에

섰다. 마지막으로 온 이후 변한 게 없어 보였다. 아주아주 오래전 암흑의 날 이전처럼.

엄마와 나는 바로 이 자리에 앉아 빅토리아 시대 부잣집 부인처럼 앙증맞은 찻잔의 차를 홀짝거리고 깔끔하게 자른 샌드위치를 집사에게 대접받는 흉내를 내곤 했다. 어쩌다 날씨가 맑은 날엔 도시락과 종이 그리고 물감을 챙겨 왔다. 나는 빈둥대며 머릿속에 떠오르는 대로 아무렇게나 그렸지만 엄마는 벽돌 하나하나까지 세심하게 주의를 기울이며 이 오래된 집을 자세히 그렸다.

나는 엄마가 그렸던 그 각도 그대로 가만히 바라봤다. 되새기고 싶었다. 엄마가 했던 말들, 잔디 위에 흩어진 아크릴 물감의 냄새, 치즈와 케첩이 든 샌드위치의 톡 쏘는 맛까지. 몇 분인지 몇 시간인지 모를 시간 동안 앉아 있었지만 아무것도 되살아나지 않았다. 아무것도. 다만 이곳에 있던 우리 둘의 이미지만 깜빡일 뿐이었다.

그만 포기하기로 했을 때 날이 어두워지고 있다는 걸 깨달았다. 시계를 확인해 보니 믿기지 않게도 여섯 시가 다 되어 있었다. 나는 울타리 구멍을 다시 통과한 다음 텅 빈 공원을 가로질러 문을 향해 달렸다.

걸리버길에 이르자 가로등이 빛나고 있었다.

"이지! 잠깐만, 아가!"

나는 서서히 멈추어 뒤를 돌았다. 셸리 아줌마가 조시 아저씨 가게 앞에 서서 손을 흔들었다. 망했다. 멈추지 않았으면 얼마나 좋았을까. 못 들은 척했으면 얼마나 좋았을까. 셸리 아줌마가 내게 손짓을 했다. 아줌마는 혼자 온 모양이었다. 나는 아줌마가 계산을 마칠 때까지 참을성 있게 기다리며 아빠가 겁에 질려 수색대를 보내지 않았기를 기도했다.

"기다려 줘서 고마워. 너희 아빠가 내 음성 메시지 들으셨대?"

아줌마는 걱정스러운 목소리로 물었다.

"음성 메시지요?"

"그래. 몇 번이나 전화했는데. 그러니까…… 그…… 너랑 루랑 그러고 나서."

가로등 불빛 탓에 아줌마의 표정을 잘 알아볼 수 없었다. 이제 다 끝났다. 순간 얼굴이 확 달아올랐다. 아줌마는 당연히 아빠와 고모에게 말할 거다. 나도 더는 두 사람에게 비밀로 할 수 없을 거다.

"죄송해요……."

내가 입을 열었지만 아줌마는 내 어깨에 손을 얹으며 말을 막았다.

"죄송하다니. 루가 그런 말을 말았어야지. 걔가 가끔씩 그렇게 생각 없이 지독하게 못되게 굴어. 도대체 왜 그러는지 내가 부끄러워. 아줌마가 루랑 얘기했어, 이지. 그리고 너한테 꼭 사과하라고 했어."

나는 눈도 깜빡이지 않고 아줌마를 빤히 봤다. 어깨 위 아줌마의 손이 무겁게 느껴졌지만 아줌마는 치우려 들지 않았다. 마치 손을 치우는 순간 내가 사라질까 겁이라도 나는 것처럼.

"감사합니다."

내가 소름 끼치는 침묵을 깨뜨리며 가까스로 말했다.

"감사할 거 없어, 이지. 내가 뭘 했다고. 난 아무것도 한 게 없어. 보고도 아무것도 못 했는데……."

아줌마가 나지막이 말했다. 루와는 전혀 상관없는 얘기라는 걸 알 수 있었다. 더는 듣기가 힘들었다. 나는 어깨를 홱 비틀어 뿌리치고 길을 따라 달렸다. 그 어느 때보다 빨리.

토비의 그날

열쇠를 돌리기도 전에 벌컥 문이 열렸다.

"이지 왔구나! 휴, 세상에."

아빠의 덥수룩한 얼굴이 안도와 함께 무너졌다. 아빠가 날 어찌나 세게 끌어안았는지 아빠도 나도 고꾸라질 뻔했다.

"아, 감사합니다!"

아빠가 내 머리칼에 대고 몇 번이고 되뇌었다.

"이지!"

고모가 부엌에서 나오며 소리쳤다. 귀와 어깨 사이에 전화를 끼운 채 손에는 수첩을 쥐고 있었다.

"이지 왔네요, 토비 어머니. 아니에요. 걱정 마세요. 다시 전화드릴게요."

고모가 전화기에 대고 말했다.

고모의 목소리는 떨렸다. 화가 나서인지 긴장이 풀려서인지 가늠하기 어려웠다.

"이지, 어디 갔었어? 학교에서 전화 왔어. 차로 길거리를 몇 시간이나 찾아다녔는지 알아? 토비랑 토비 엄마는 강가로 널 찾으러 가고……. 무슨 일 난 줄 알았잖아. 정말이지 경찰에 신고하려던 참이었어."

고모는 눈물을 터뜨리기 직전이었다. 아빠와 고모가 소리라도 질렀으면 했지만 두 사람은 우두커니 서서 인내심 있게 내가 설명하기만 기다렸다.

"어디 갔었어, 이지? 어디 있었던 거야?"

아빠가 식탁에 나를 앉히고는 마른세수를 하며 부엌을 서성거렸다.

"그게…… 요즘 학교에서 좀 힘들었는데……. 그런데 오늘 일이…… 무슨 일이 좀 생겨서…… 더 이상은 못 참겠어서…… 수업 중간에 나왔어. 그냥 걷다 보니까 공원이었어."

내 표정을 읽으려는 듯 아빠가 나를 보더니 마침내 물었다.

"이지, 대체 무슨 일이야? 어제 루 엄마한테서 이상한 음성 메시지를 받았어. 무슨 말인지 몰라서 전화는 안 했다. 넌 무슨 일인지 알 거 아니야. 그러니까……"

그때 고모가 끼어들었다.

"어딜 가면 간다고 말을 해야지. 우리가 걱정할 거 몰라?

가뜩이나 힘든 너희 아빠, 걱정거리 없을까 봐 너까지 이래?"

질문의 집중포화가 사방에서 날아들었다. 머릿속에서 맥박이 갈수록 빨리 뛰었다. 그 순간 뇌가 따라잡을 틈도 없이 말이 쏟아져 나왔다.

"어쩌라고요! 그게 나랑 무슨 상관이야! 무슨 상관이냐고!"

"이지!"

내가 악을 쓰자 아빠가 소리쳤다. 하지만 난 위층으로 올라가 방문을 쾅 닫아 버렸다.

몸을 부들부들 떨며 앉았다. 여러 표정의 내 얼굴이 침대 위에서 나를 응시했다. 갓 태어난 이지, 아장아장 걷는 이지, 스키 타는 이지, 줄리엣 이지, 마일로가 우리 가족이 된 날의 이지……. 툭툭, 투두둑 머릿속에서 분노 방울이 끝도 없이 터졌다. 이제 그림은 모두 색깔을 잃고 텅 비어 있었다. 하지만 그게 다가 아니었다. 이 세심한 내 인생의 기록에는 한 가지 끔찍한 순간이 빠져 있었다.

나는 정신없이 책상 서랍을 뒤져 검은색 두꺼운 매직펜을 집었다. 다락에 넣을 물건 상자에 라벨을 붙이느라 마지막으로 썼던 펜이다. 뚜껑을 열었다. 그러곤 가장 최근 그림 앞으로 가서 그림의 오른쪽, 그다음 장면이 있어야 할 자리에 매직펜을 꾹 눌렀다. 사정없이 손을 휘두르며 손 닿는 곳은 일 센티미터도 남기지 않고 모조리 미친 듯이 덮었다. 새까맣게 휘갈긴 선들이 솟아올라 수백만 개의 작은 거미줄로 번졌지만 나는 계속했다.

완성된 결과는 짙게 펼쳐진 먹구름이었다. 펜의 잉크가 다 닳고 지칠 대로 지쳤지만 만족스러웠다. 마침내 그날이 벽에 기록되었다. 벽화는 최신 내용으로 업데이트되었다.

바닥에 쓰러지듯 눕자 옆으로 침대 아래 따뜻하고 어두운 공간이 보였다. 나는 침대 밑으로 들어가 먼지 뭉치들 사이에 모로 누워 무릎을 가슴께로 꼭 끌어당겼다.

얼마나 그렇게 누워 있었을까. 분노의 안개 사이로 목소리가 들려왔다.

"이지! 이지? 들어가도 돼?"

토비였다. 나는 대답하지 않았다. 방해받고 싶지 않았다. 지금은.

"이지, 거기 있는 거 다 알아. 내려와 봐."

토비는 집요했다.

찰카당찰카당 부엌 리놀륨 바닥 위로 휠체어 바퀴 구르는 소리와 별안간 컹컹대는 소리와 부스럭거리는 소리가 뒤따랐다. 토비 무릎 위로 뛰어오르는 마일로의 모습이 눈에 선했다.

고모 목소리가 들렸다.

"잠시 그냥 두는 게 좋을 것 같아."

"이지!"

토비가 다시 불렀다. 토비는 포기를 모르는 아이였다.

토비가 갔으면 했다. 하지만 현관문 닫히는 소리 대신 쿵도 아니고 직직도 아닌 뭔가 기이한 소리가 들렸다.

"괜찮아요. 할 수 있어요."

말리는 고모의 목소리 사이로 토비의 말이 들렸다.

나는 몸을 한층 단단히 웅크리고 어렸을 때 엄마가 가르쳐 준, 마음을 가라앉히는 비법을 시도했다. 눈을 감고 100부터 거꾸로 셌다. 나의 은신처가 난데없이 찜통처럼 뜨거워졌고 끈끈한 땀방울이 이마에 맺혔다.

74까지 세었을 때 문 열리는 소리가 났다.

"어우, 고집 더럽게 세네."

"토비?"

"그럼 누구겠냐? 내가 아래층에서 소리 지르는 거 못 들었어?"

"들었어. 근데…… 여기까지 올라올 줄은 몰랐어."

"방법이 없잖아. 네가 안 내려오는데."

토비가 따지듯 말하고는 덧붙였다.

"내가 와야지."

토비와 나는 한참을 말없이 누워 있었다. 침대 바로 옆으로 토비의 다리와 카펫을 리드미컬하게 두드리는 기다란 손가락이 보였다.

"나와."

아무렇지도 않게 토비가 말했다.

"싫어."

"좋아. 그럼 내가 그리로 가는 수밖에."

토비가 침대 밑으로 몸을 끌었다. 나는 별수 없이 벽 쪽으로 움직여 자리를 만들었다.

"어휴, 더러워. 청소기는 한 번도 안 돌리냐?"

"누가 들어오래? 오란 사람 아무도 없어."

나는 토비를 피해 반대쪽으로 돌아누웠다.

"그래, 내가 오고 싶어서 왔다 치자. 그래도 너 지금 되게 웃겨."

"왜?"

"왜? 네가 왜 웃기게 구는지는 나도 모르지. 그런데 내가 왜 여기 왔는지 묻는 거라면, 네가 뭔가 재밌는 얘기를 들려줄 것 같아서."

"그런 거 없어."

나는 딱 잘라 말해 놓고는 곧 못되게 군 것 같아 마음이 무거워졌다.

"너는 있어?"

"나? 뭐가?"

"나한테 해 줄 재밌는 얘기."

토비는 생각에 잠긴 듯 잠시 말이 없었다.

"생물 얘기 괜찮아?"

"그러던가."

"사람 몸에 뼈가 몇 개인지 알아?"

"어…… 몰라. 한 150개?"

"아니. 성인은 206개. 그런데 아기들은 태어날 때 270개
가 넘어."

"어떻게 그런 게 가능해?"

내가 몸을 돌려 토비를 보았다.

"자라면서 몇 개가 서로 합쳐진대. 더 튼튼해지도록. 그럼
척추에는 뼈가 몇 개 있게?"

"커다란 뼈 하나 아니야?"

"아니지. 무슨 바보 같은 소리야. 그럼 몸을 어떻게 구부
려. 그냥 딱 굳어 있게? 척추에는 작은 뼈가 33개 있어. 그런
데 난 32개 반밖에 없어."

"왜?"

"사고 때문에."

"아."

아빠가 '문제의 핵심'이라 부르는 지점에 이르렀다는 느낌이 왔다. 그럼에도 토비가 사고 얘기까지 들려줄 작정인지는 의문이었다. 토비는 그럴 작정이었다.

"네가 궁금해하는 것도 같고 또 너한테 말하는 건 괜찮으니까……. 끔찍한 사고였어. 멍청한 내 잘못이었고. 그 당시 난 스케이트보드에 완전 꽂혀 있었어. 축구만큼이나 좋아했으니까. 우리는 동네 하프 파이프에 가는 게 지겨웠어."

"하프 파이프가 뭐야?"

"스케이트보드 타는 경사진 구조물. 반원형으로 생긴 거 있잖아. 한쪽 끝에 선 다음 다른 쪽 끝으로 휙 보드 타는 거."

"아, 그래. 뭐 말하는지 알아."

"친구 차이랑 같이 갔는데 꼬맹이들이 몰려와서 끼어드는 바람에 영 재미가 없었어. 그래서 우리가 따로 만들기로 했어. 차이네 집 차고에 차이 삼촌이 다락 확장 공사할 때 쓰고 남은 오래된 판자랑 벽돌이 있었어. 처음엔 우리 집 뒷마당에 만들려고 했는데 자리가 충분하지 않았어. 그래서 내가 차고 지붕 위에 만들면 좋겠다고……."

토비가 말끝을 흐리는데도 나는 마저 듣고 싶었다.

"그래서, 그래서 어떻게 됐는데?"

"음…… 차고들이 한 줄로 길게 줄지어 붙어 있어서 그 위에 끝내주는 물결 모양 램프를 만들었어. 세 군데에 벽돌을 높이 쌓은 다음 그 위에 판자를 올렸지. 판자가 아주 유연해서 느낌이 엄청났어. 꼭 바퀴 위에서 서핑하는 것 같았어. 하늘을 오르락내리락 날아다니면서 주변의 지붕들을 보는데 정말 짜릿했어. 어쨌든 처음엔 봉우리 세 개를 연결했는데 진짜 딱 좋았어. 그런데 차이가 봉우리 네 개를 해 보겠다는 거야. 그래도 뭐, 괜찮았어. 차이는 차고 지붕 가장자리에 아슬아슬하게 착지했거든. 그때 램프가 너무 길다는 걸 알아챘어야 했는데, 그걸 몰랐어. 그래서 나도 차이처럼 한번 타 봤는데 힘이 너무 들어갔나 봐."

"떨어졌구나. 맞지?"

토비가 말하기도 전에 마음이 앞서 달려 나갔다. 순간 내가 무슨 말을 한 건지 깨닫고 손으로 입을 틀어막았다.

"미안해."

손가락 사이로 내가 웅얼거렸다.

"맞아."

토비는 별 얘기 아닌 것처럼 평소와 다름없는 목소리로 말했다.

"미안해. 미안해."

나는 거듭 사과하며 주먹으로 눈을 꾹 눌렀다. 침대 밑 어둠 속에서 눈앞에 검은 점들이 둥둥 떠다녔다.

"나는 공중을 붕 난 다음 제대로 떨어졌어. 엄청나게 세게

등으로. 처음 경험해 보는 죽을 것 같은 통증이 느껴졌는데 조금 있으니까 아무 느낌도 안 났어. 아예 아무 느낌이 없었어. 그냥 머리에서 맥박 뛰는 소리만 들렸어."

"정신을 잃었어?"

"아니, 계속 의식은 있었고 팔이 까져서 좀 쓰라렸어. 그런데 등의 강렬한 통증은 사라졌어. 차이가 달려왔어. 아직도 차이 표정이 생생해. 차이는 내가 죽은 줄 알았대. 그러곤 구급차를 불렀고."

"그래서 어떻게 됐어? 병원에서 뭘 했는데?"

"이것저것 검사를 수도 없이 했어. 병원에 며칠 동안 있었지. 의사가 내 추간판이 부서졌다고 하더라. 추간판은 관절인데 뼈와 뼈 사이를 움직일 수 있게 하는 거야. 추간판이 부서지면서 신경 계통인 척수에 구멍이 났대."

의학 용어들이 뇌 속에서 빙빙 돌았다.

"그래서 다리에 감각이 없어진 거지."

토비가 요약해 주었다. 처음으로 토비의 목소리가 떨렸다.

"언제 그랬어?"

"일 년 좀 넘었어. 작년 7월이니까. 그 이후론 아무 데도 가기가 싫었어. 그냥 집에서 침대에만 있었어. 비몽사몽 상태로 누워 있으면 가끔 옛날하고 똑같은 것 같은 상상이 들었어. 눈을 뜨면 침대에서 벌떡 일어나 아래층으로 뛰어 내려

갈 것 같았어. 아무도 만나기 싫고 다시 학교에 가는 건 생각
하기도 싫었어."

"학교에…… 갔어?"

"새 학기 시작은 좀 놓쳤지만 그래도 갔어. 그런데 금방
알았지. 다니기가 쉽지 않더라고. 예전 학교에는 휠체어 출
입구가 있는 건물이 몇 개밖에 없었어. 또 친구들 얼굴을 마
주 보는 대신 배를 쳐다보는 것도 적응하는 데 한참 걸렸고."

"친구들은 어땠는데?"

"그럭저럭 잘 대해 줬어. 근데 뭐…… 알잖아. 전하고 똑같
을 순 없으니까. 그러다 엄마가 일하는 식당이 이 동네에 지
점을 내게 됐고 엄마가 한번 가 보자고, 새롭게 시작해 보자
고 했어."

토비와 나는 짙고 평온한 어둠 속에 한동안 함께 누워 있
었다.

"너는 나한테 하고 싶은 말 없어?"

"있어. 어떤 날 이야기. 아니, 그날."

나는 단어를 바로잡았다.

"암흑의 날. 그런데 아직은, 아직은 못 하겠어."

비포 상자

"내 목소리가 들리니? 내 목소리가 들리니?"

목소리는 차분하고 신중했다. 나는 누구의 목소리인지 알아챘다. 그림자 인간, 색깔 도둑이었다. 남자의 목소리가 차분한 것은 나를 꼼짝할 수 없게 손아귀에 넣은 까닭이었다. 나는 남아 있는 온 힘을 쥐어짜, 아직 내 몸을 빠르게 흐르는 모든 빨강을 끌어모아 저항하려 했다. 팔다리를 뻗자 순간 손에 무언가가 닿았고 간신히 몸을 반쯤 일으켰다. 그러나 결국…… 아무 소용없었다.

"그만 놔!"

색깔 도둑이 말하며 점차 거대하게 다가왔다. 기다란 손가락은 당장이라도 내 마지막 색깔을 낚아챌 준비가 돼 있었다. 남자가 내 얼굴에 유리 마스크를 꾹 누르자 온몸에서 힘이 빠져나갔다. 세상이 고장 난 전구처럼 깜빡이더니 이내 모든 것이 어두워졌다.

6:03a.m.

　끙끙 소리에 눈을 떴다. 침대에서 벌떡 일어났다. 잠시 내가 낸 소리인가 했지만 마일로가 내 팔꿈치 밑에서 뛰어내려 바닥에 엎드렸다. 벽 그림을 보지 않았지만 그것이 일어났다는 걸 직감했다. 그림 속의 마일로가 현실의 마일로를 물끄러미 바라봤다. 조그마한 까만색 몸은 어린 나를 향해 뛰어들고 있지만 이름과 주소를 적어 특별히 달아 준 빨간색 목걸이는 보이지 않았다. 단지 나쁜 꿈일 뿐이다. 계속해서 되풀이되는 악몽일 뿐이다. 지금껏 색깔 도둑이 색깔을 훔쳐 간 것을 알아챈 사람은 나뿐이었다. 이 사실 하나만으로도 현실이 아니라는 걸 알 수 있다.

　아래층에서 얼핏 짭조름한 냄새가 풍겨 와서 억지로 몸을 일으켰다. 문득 교직원 연수의 날이라 학교에 안 가도 된다는 걸 떠올리자 마음이 놓였다.

　"잘 잤니?"

　고모가 인사했다. 고모의 미소는 입 끝에 작은 투명 끈을 달아 잡아당기는 것 같았고 눈가의 주름은 평소보다 짙었다.

　"안녕히 주무셨어요? 어제 일은 죄송해요. 진심이 아니었어요."

"괜찮아, 이지. 괜찮아."

고모가 손가락으로 내 머리를 쓸자 엄마 생각이 났다. 고모는 식탁을 가리키더니 베이컨 샌드위치를 내 쪽으로 밀었다.

내가 먹는 동안 고모는 커피 한 잔과 함께 맞은편에 앉아 있었다.

"아빠는 또 닥터 리즈한테 갔어."

내가 무슨 질문을 할지 안다는 듯 고모가 말을 이었다.

"호칭이 '닥터'이긴 한데 네가 생각하는 그런 닥터는 아니고 상담사야. 감정 문제를 도와주지. 잘되면 일주일에 한 번씩 가게 될 거야. 닥터 리즈가 아빠를 반드시 제자리로 돌려놓을 거야. 그럼 한시름 덜게 되겠지. 그렇지?"

뭐라 해야 할지 알 수 없었지만 고모의 긍정적인 얼굴을 보고는 고개를 끄덕였다.

"저, 이지, 하고 싶은 말이 있으면 나나 아빠나 누구한테라도……."

나는 다시 고개를 끄덕였다. 고모는 이해하려고, 도와주려고 애쓰고 있다. 하지만 고모는 모른다. 고모는 거기에 없었으니까.

"토비네 집에 가도 돼요?"

"응, 그럼. 토비 참 좋은 애 같더라. 너 찾느라고 엄청 애썼어. 네 걱정 많이 하는 게 보이더라. 다들 네 걱정 엄청 해. 참, 어젯밤에 모나가 전화했는데 깜빡할 뻔했네. 실험실에서 한 말 미안하다고 하더라. 자세히 묻진 않아서 무슨 말인지는 모르겠지만, 아무튼 진심이 아니라고 했어. 가끔…… 가끔 사람들은 자기가 모르는 일에 대해선 이상하게 대응하기도 해."

"알아요."

고모가 말하지 않아도 잘 알고 있었다.

아침을 다 먹고 고모가 말을 더 꺼내기 전에 현관문 밖으로 나왔다.

토비와 애나 아줌마의 집을 보자 순식간에 마음이 편안해졌다.

토비는 설거지를 하느라 바빴고, 애나 아줌마는 하얀 셔츠를 다리고 귀걸이를 찾으며 분주히 돌아다녔다.

"우리 엄마 오늘 면접 봐. 식당 매니저 자리. 정규직이래. 오늘이 바로 디데이지. 이제 엄마가 자리를 잡으면 확실히 여기서 사는 거야."

"그런 말 하지 마. 준비도 부족한 것 같고 통과할 것 같지도 않단 말이야."

아줌마가 우는소리를 했다.

아줌마는 삐죽하게 솟은 머리를 귀 위로 단정하게 내리고 평소보다 화장을 진하게 했다.

"왜 안 돼요? 아줌마 엄청 능력 있잖아요. 꼭 될 거예요."

"귀걸이 어떤 거 할까? 이거, 이거?"

"진주 귀걸이요."

내가 대답했다. 그 편이 더 프로처럼 보였다.

아줌마는 내게 윙크를 하고 토비의 머리를 헝클어뜨린 다음 급히 집을 나섰다.

나는 물 한 잔을 따라서 식탁에 앉아 토비가 설거지 마칠 때까지 기다렸다.

"자, 내가 집 구경 안 시켜 줬지?"

토비는 여전히 물이 뚝뚝 떨어지는 손으로 거실을 향해 나를 잡아당겼다.

"뭔 소리야? 저번에 보여 줬잖아."

"아니, 아니. 우리 집 말고. 스파이크 집."

너무 많은 일이 벌어진 탓에 까맣게 잊고 있었다.

보자마자 탄성이 터졌다. 토비가 해낸 놀라운 작업은 보고도 믿기지 않을 정도였다. 스파이크 집에는 비를 피할 수 있도록 양철 타일로 마무리한 앙증맞은 지붕이 있었다. 정성껏 사포질한 나무로 벽 세 개를 둘렀고 베란다까지 만들어 한쪽 끝 바닥에 작은 컵 두 개를 붙여 놓았다.

"하나는 곡물, 하나는 물."

토비가 설명했지만 당연히 그 정도는 나도 짐작하고 있었다.

"썩지 않게 광택제만 바르면 돼. 그리고 네가 전문가의 손길로 테스트한 통나무 두 개 위에 못으로 박을 거야. 그다음엔 관목 사이에 끼워 넣기만 하면 완성이지."

나무가 겉으로 드러난 부분에 모조리 광택제를 바르느라 시간이 한참 흘렀다. 토비는 양철 지붕이 스파이크 눈에 너무 칙칙하고 밋밋해 보일 거라며 빨간색으로 칠하자고 했다. 그러면 멀리서도 항상 자기 집을 볼 수 있을 거라고.

"봐, 이거면 딱 되겠다! 엄마가 우리 집 현관 칠할 때 썼던 거야."

토비가 페인트 통을 흔들며 말했다.

그런데 토비의 눈이 가늘어졌다. 어딘가 성에 차지 않는 구석이 있는 모양이었다.

"뭐가 부족해?"

스파이크의 집을 구석구석 살피며 내가 물었다. 토비도 뭘 더 해야 할지 몰라 스파이크에게 작은 가구라도 만들어 주려는 건가 싶었다.

그러나 토비가 다음 말을 한 순간 나는 깜짝 놀라고 말았다.

"나 좀 도와줄래?"

지극히 평범한 말이었고 토비는 여느 때와 다름없는 특유의 알 수 없는 미소를 지어 보였다. 그럼에도 동시에 이것은 어마어마하게 중요한 일이었다. 토비가 처음으로 내게 제대로 도움을 청한 것이다. 내가 손잡이를 잡기도 전에 서둘러 휠체어를 밀며 멀어지던 토비, 단지 할 수 있다는 걸 증명하기 위해 물 밖으로 계단 위로 자신의 몸을 끌던 토비였다.

"이 층에서 상자 하나만 가져다줄래? 파란색 커다란 상잔데 엄마 방 벽장 꼭대기에 있어. 오른쪽 첫 번째 방."

상자를 내리기 위해서는 의자 위에 올라서야 했다. 상자는 생각보다 무거웠다. 나는 호기심 가득한 눈으로 내용물을 들여다봤다. 축구 트로피, 수영 대회 메달, 세계 각국의 동전들, 게임 시디, 다양한 모양과 크기의 봉투들……. 보물들이 뒤죽박죽 섞여 있었다.

"이게 다 뭐야?"

"비포 상자."

"무슨 상자?"

"사고 이전에 내가 했던 모든 걸 담은 상자."

나는 무슨 말을 해야 할지 몰라 토비 무릎에 상자를 내려놓은 다음 부엌에 가서 음료수를 가져왔다. 내가 봐도 되는 것인지 역시 알 수 없었다.

"이게 필요해서."

토비는 뭔가가 든 비닐봉지를 들었다. 속에 든 걸 다 쏟고 나서야 그것이 갖가지 색깔과 크기의 깃털이란 걸 알 수 있었다.

"노픽의 윈스턴 해변에서 엄마랑 모은 거야. 할머니가 거기 계셔서 여름마다 갔거든. 도착한 첫날엔 항상 아주 멀리까지 달린 다음 돌아오는 길에 행운의 깃털을 줍는 게 우리의 전통이었어. 해마다 제일 흥미로운 깃털 세 개씩 모아 둔 거야."

"멋지다."

나는 몇 개를 들어 부채 모양으로 펼쳤다. 그중 가운데 있는 기다란 깃털은 하얀색 바탕에 진청색 점이 흐릿하게 찍혀 있었다. 깃털의 주인은 얼마나 근사한 새였을까. 그러다 문득 이런 생각이 들었다. 스파이크도 종종 깃털을 떨구지 않을까. 스파이크의 깃털은 회색이지만 똑같이 행운을 가져다주지 않을까. 그리고 깃털로부터 조금의 행운을 전해 받을 사람이 생각났다. 스파이크의 깃털이 꼭 어울리는 사람.

"깃털로 뭐 할 건데?"

내가 토비에게 물었다.

"집 안쪽에 댈 거야. 새들은 나뭇가지하고 깃털로 둥지를 만드니까 그러면 스파이크가 시작하는 데 도움이 될 거야.

집도 부드럽고 포근해질 거고."

"간직하고 싶지 않아? 기념으로."

"아니."

토비는 고개를 가로저었다.

집을 완성한 다음 토비와 나는 우리 집으로 가져가 고모와 아빠에게 보여 줬다. 아빠는 닥터 리즈를 만나고 막 돌아온 참이었다.

"그 백조 고마워해야겠다. 이건 거의 성인데."

아빠가 말했다.

점심을 먹고 아빠와 토비는 엘리펀트 프로젝트에 대해 수다를 떨었다. 토비는 진심으로 좋아하며 질문을 수백 개 퍼부었다. 아빠와 사이먼 아저씨가 만든 케냐의 보호 구역에 코끼리가 몇 마리나 사는지도 물었다. 아빠는 54마리라고 했다. 마지막으로 내가 물었을 때보다 훨씬 많은 숫자였다. 지난달에는 새끼도 두 마리 태어났다고 했다.

"저도 코끼리 정말 보고 싶어요."

토비가 그저 꿈일 뿐이라는 듯 말하자 아빠가 대꾸했다.

"안 될 게 뭐 있어? 적어도 일 년에 두 번은 가 보려고 계획 중이야. 너랑 이지랑 둘 다 갈 수 있는 시간을 잘 찾아 보자."

아빠가 보여 주는 것마다 토비가 정신을 빼앗기는 바람에 안달하는 마일로를 데리고 강에 도착했을 때는 이미 늦은 오후였다.

"좋다. 이번에는 믿어 보겠지만 지난번 같은 일을 되풀이할 때를 대비해서 카메라를 대기해 놓겠다."

토비가 전투를 이끄는 장군 같은 목소리로 말했다.

"그렇게는 안 될걸!"

내가 의기양양하게 외치며 토비의 안경을 벗겨 들고 강둑으로 냅다 달렸다. 따져 대는 토비 목소리가 귓가에 울렸다. 강물이 높아서 얼마간 물살을 헤치며 걸어야 했지만 뽕나무 관목 사이에 통나무집을 밀어 넣는 데는 일 분밖에 안 걸렸다. 완벽한 위치에 집을 놓아두고 기쁜 마음으로 토비에게로 돌아가 시력을 돌려줬다.

토비는 곧장 나의 작업을 점검했다.

"저기 좀 봐! 저기!"

"뭘?"

절묘한 타이밍이었다. 어디선가 스파이크가 나타나 우리를 향해 다가오고 있었다. 세상만사 아무 걱정도 없는 모습이었다. 스파이크는 어딘가 전보다 단단해진 모습이었다. 몸집도 자랐고 깃털에서 솜털처럼 보송보송한 느낌도 많이 빠졌다. 스파이크가 날개를 슬쩍 구부리자 당연한 말이지만 언젠가는 스파이크도 날아오르겠구나 하는 생각이 들었다. 더는 돌풍 한 번에 날아가 버릴 듯한 모습이 아니었다.

"가서 낚싯대 가져올게. 밴에 놔뒀어."

토비가 말했다.

나는 스파이크에게서 한시도 눈을 떼지 않으며 고개를 끄덕였다. 마일로도 내 옆에 서서 감탄하듯 스파이크를 바라봤다. 하지만 아직 스파이크의 위험이 끝난 건 아니었다. 토비가 겨드랑이에 어정쩡하게 낚싯대를 끼고 돌아오자 스파이크의 형제자매들이 근처에 먹이가 있다는 걸 알아차렸다.

마일로가 불안한 듯 녀석들을 향해 짖었다.

"여기 너희들 건 없어. 너흰 아무 때나 싸워서 먹이를 구할 수 있잖아. 이건 아직 못하는 녀석 거야."

내가 말했다.

토비가 주머니에서 감자를 꺼내 조금 잘라 낸 후 낚싯바늘에 끼웠다. 낚싯줄을 강물 위로 휙 날렸지만 짜증스럽게도 스파이크 바로 옆을 지나쳐 물풀 무더기에 걸려 버렸다.

토비가 줄을 잡아당겼지만 꼼짝도 하지 않았다.

달리 방법이 없었다. 나는 미끄러지지 않도록 조심하며 차가운 물이 발목을 휘감는 끈끈한 진흙 속에 발가락을 밀어 넣었다. 그러곤 늪을 탐험하는 경계심 많은 여행자처럼 풀 무더기를 향해 다가갔다.

낚싯바늘을 풀다 보니 스파이크가 손 뻗으면 닿을 거리에 있다는 걸 알았다. 스파이크는 같은 자리에 가만히 있었다.

스파이크가 나를 쳐다봤다.

당연히 달아나리라 생각하면서도 나는 낚싯바늘에서 축축한 감자 조각을 빼내 손바닥에 올렸다.

"자."

스파이크를 향해 손을 내밀며 속삭였다. 곁눈으로 다른 녀석들이 보였다. 녀석들은 강둑에서 낮게 으르렁거리는 소리에 멈추어 섰다. 마일로가 다시 한 번 스파이크를 방어하고 나서자 녀석들이 투명한 벽에 맞닥뜨린 듯 물러난 것이다.

스파이크는 고개를 갸우뚱했다. 머뭇거렸다. 우리는 시간이 멈춘 듯 서로를 바라봤다. 그때 휙 스파이크가 부리를 까딱였다. 너무 순식간이어서 정신을 바짝 차리지 않았다면 놓칠 뻔한 순간, 스파이크가 내 손에서 감자를 조금 낚아채 통째로 삼켰다.

스파이크는 마치 자기 행동에 겁이 난 듯 부르르 떨며 반사적으로 뒤로 물러났다. 나는 미동도 없이 가만히 있었다. 잠시 뒤 스파이크는 다시 감자를 물었다. 곧 감자는 모두 사라졌다. 토비가 낚싯대 끝으로 감자를 더 보냈을 때 나는 아이디어가 하나 떠올랐다. 나는 집을 향해 손짓을 해 보였다. 집에는 이미 컵에 먹이를 넣어 둔 상태였다.

처음에 스파이크는 무슨 상황인지 파악하지 못한 채 집을 향해 조금씩 다가갔고 스파이크가 제대로 갈 때마다 나는 보상을 주었다. 이제 다 됐다는 기대감에 가슴이 벅차올라 터질 것 같던 그 순간, 스파이크가 베란다로 폴짝 뛰어들어 컵에 담긴 먹이를 물었다.

내가 활짝 웃으며 토비에게 고개를 돌리자, 토비가 카메라를 들어 사진을 찍었다.

"여기가 네 집이야. 다음엔 네 힘으로 다른 녀석들을 물리쳐야 해. 이 집이 도움이 될 거야. 우린 여기 없어."

나는 잔디 위 토비 곁에 앉았다. 맨발이 꽁꽁 얼었지만 행복했다. 마일로는 가장 좋아하는 자리, 토비의 무릎에 따뜻하게 자리 잡았다.

"네가 해냈어. 어떻게 한 건지는 모르겠지만 네가 해냈어."

토비가 조용히 말했다.

"너랑 나랑 같이 한 거지. 네가 나보다 훨씬 많이 했잖아."

그러자 토비가 나를 보더니 불쑥 물었다.

"다른 사람하고 바꿔서 살아 보고 싶은 적 있어? 단 하루 아니 한 시간만이라도 그런 인생으로 사는 건 어떤 걸까 알고 싶어서."

씩 웃음이 났다. 얼마 되지 않은 시간이지만 토비는 이미 나를 너무 잘 알았다.

"엄청 많지. 텔레비전 속 배우들을 보면서 내가 그 사람이라면 좋겠다고 생각했지. 너는?"

"뭐, 이 사람 저 사람 많은데 지금은 스파이크로 사는 건 어떨까 생각해 봤어."

무슨 생각을 하는지 토비의 눈에 도무지 가늠하기 힘든 흐린 빛이 어렸다.

"생각만 해도 무시무시하다."

"맞아. 세상이 어마어마하게 무서울 거야. 그런데 동시에 흥미진진할 것 같지 않아? 스파이크는 이미 수많은 변화를 겪었고 지금은 앞으로 펼쳐질 멋진 가능성이 있잖아. 원하는 곳은 어디든 갈 수도 있고."

"그러네."

내가 맞장구쳤다. 토비의 말은 얼마간 내게도 해당한다는 생각이 들었다. 지금껏 스파이크와 나는 서로 도운 거나 마찬가지였다.

자리를 뜨려는데 스파이크의 집이 놓인 나뭇가지에 깃털이 뭉쳐 있는 게 눈에 들어왔다. 나는 조심스레 가장 예쁜 것으로 몇 개를 뽑았다. 놀랍게도 손안의 깃털들은 가장자리에 아직 솜털은 남았지만 튼튼하고 견고했다. 스파이크의 날개는 곧 자기 무게를 들어 올려 날아갈 준비를 할 것이다.

나는 깃털을 주머니에 잘 간직했다. 하나는 나를 위해, 또 하나는 스파이크의 힘을 조금 빌릴 다른 누군가를 위해.

나의 그날

다시 토비네 집으로 돌아왔다. 토비는 스파이크를 발견한 뒤 조사해 온 것들을 보여 줬다.

"여기 다 모아 놨어. 너한테 물어봤던 것들도."

"이게 바로 백조 박사 탄생 배경이군."

스파이크의 삐죽삐죽한 작은 머리를 처음 본 날이 아득히 멀게 느껴졌다. 이제 스파이크에겐 이전의 모습은 남아 있지 않았다. 더 강하고 우아해지고 보송한 솜털도 사라지기 시작했다.

나는 식탁에 앉아 작은 책자를 마저 읽었다. 토비는 모든 걸 모아 두었다. 통나무집의 스케치, 낚싯대의 구조 그리고 스파이크, 나, 물가에서 스파이크를 바라보는 마일로, 막 페인트칠한 환상적인 스파이크의 집을 찍은 수많은 사진까지.

토비가 식탁 건너편에서 나를 보며 말했다.

"이제 네 차례야. 지난번에 말하겠다고 한 거 기억하지?"

토비도 나도 무슨 말인지 잘 알고 있었다. 명치가 싸했다. 하지만 토비의 빙긋 웃는 얼굴을 보자 순간 마음에 변화가 일었다.

말들이 우르르 쏟아져 나왔다. 나는 맨 처음부터 시작했다. 악몽과 그림자 인간, 색깔 도둑 그리고 오직 내 눈에만 보이는, 날마다 사라지는 색깔들 이야기를 했다.

토비는 귀 기울여 들었고 집중하느라 이마에 주름이 잡혔다. 나는 갈수록 말이 빨라졌다. 입안에서 말의 강물이 솟구쳤다.

토비가 안 믿을 게 뻔하다고 생각했다. 당장이라도 깔깔 웃음을 터뜨릴 줄 알았다. 하지만 토비는 그러지 않았고 나는 이야기를 계속했다.

"……그리고 어젯밤에, 어젯밤 꿈에 색깔 도둑이 결국 이겼어. 맞서 싸웠지만 너무 힘에 부쳤어. 색깔 도둑이 그만 놓으라고 소리쳤어. 눈을 떠서 벽을 봤더니 마일로 목걸이에서 빨간색이 없어졌어. 진짜야."

"그런데 아무에게도 말을 안 했다고? 왜?"

"아무도 내 말을 안 믿을 것 같았어. 아빠는 내 방에 와서 벽을 보고도 알아채지 못했어. 내 머릿속에서 일어나는 일이야, 토비. 얼빠진 내 머릿속에서만 일어나는 일이라고."

가슴이 터질 듯한데도 나의 목소리는 놀랍도록 차분했다.

"너희 아빠한테 말하지 그랬어? 아니면 고모라도."

"안 그래도 걱정이 태산이야."

"이지, 이건 큰일이야. 이것보다 더 큰 걱정이 어디 있어? 엄청난 걱정거리라고."

"너, 말하지 마. 알았지?"

고모의 얼굴이 눈에 선했다. 초조함과 혼란스러움과 걱정이 뒤섞인 얼굴. 물론 고모가 할 수 있는 일은 없을 거다. 누구도 할 수 있는 일은 없다.

"안 해. 당연히 안 하지. 네가 하지 말라면. 그래도 어떻게 하면 너한테 도움이 될지 생각은 할 거야. 널 그냥 이렇게 놔둘 순 없으니까."

토비가 내 손을 잡더니 나를 일으켜 세웠다.

그날 밤 엄마가 처음으로 꿈에 나타났다. 튜브도 심전도계 모니터의 삐삐 소리도 없었다. 엄마는 내 방에 서서 집중하는 듯 눈을 찌푸린 채 다음 벽화의 윤곽을 스케치했다. 손을 뻗어 엄마를 만지고 싶었지만 어쩐지 너무 멀었다.

엄마는 즐겨 입던 하늘색 멜빵바지 차림에 페인트 묻은 머리를 아무렇게나 쓸어 올려 하나로 묶고 있었다. 마일로

가 엄마의 발치를 이리저리 뛰어다니다 페인트 통을 걷어차
자 바닥에 잘 깔아 놓은 천 위로 쏟아졌다. 엄마가 마일로를
멀리 쫓았지만 그냥 시늉일 뿐이었다. 엄마는 마일로가 옆에
있는 걸 성가셔 하지 않았다. 조금도.

"나, 색칠해 줘!"

엄마는 붓을 들어 노란색 통에 담근 다음 내 코끝에 칠하
며 말했다.

"할 거야. 스케치 마치면 바로."

엄마가 내 윤곽을 그릴 수 있도록 움직이지 않으려고 안
간힘을 썼지만 피곤함에 자꾸만 고개가 떨어졌다. 깨어 있을
수만 있다면, 쏟아지는 졸음을 이겨 낼 수만 있다면, 그러면
엄마는…….

"이지! 이지!"

한밤중의 고요를 뚫고 다급한 외침이 울리더니 유리 덜그
럭대는 소리가 뒤따랐다. 나의 멍한 뇌가 실제 소리인지 깨
닫는 데는 한참이 걸렸다. 꿈에서 떠나고 싶지 않았다. 아직
마음의 준비가 안 되었다.

하지만 외침은 그치지 않았다. 침대에 앉아 눈을 비빈 다
음에야 소리가 밖에서 들려온다는 걸 알았다. 이불 밖으로
몸을 끌었다. 알람 시계의 숫자는 새벽 4시 26분이었다.

토비가 가로등 불빛을 받으며 우리 집 마당에서 나를 올려

다보고 있었다. 한 손에 자갈을 한 움큼 쥐고 다른 손으로는 내게 내려오라는 손짓을 했다.

나는 잠옷 위에 얼른 스웨터를 덧입었다. 고모가 깨지 않도록 살금살금 아래층으로 내려갔다. 규칙적으로 들리는 아빠의 코 고는 소리에 마음이 놓였다. 마일로도 뒤척이지 않고 자리를 지켰다. 운동화에 맨발을 밀어 넣었다. 현관 옆 바구니를 뒤적여 열쇠를 찾았다. 나는 밤 속으로 몰래 빠져나갔다.

토비가 입술에 손가락을 올렸고 나는 토비를 따라나섰다. 대문으로 향하는 토비의 휠체어가 조용히 삐걱거렸다.

마치 꿈속을 걷는 것 같았다. 주변의 길이 뿌옇게 흔들렸다. 토비의 손이 일정한 박자로 휠체어를 밀자 어둠 속에서 바퀴가 빛났다.

강으로 이어지는 통로에 무사히 도착하고 나서야 비로소 토비가 조그맣게 말했다.

"내가 알아낸 것 같아, 이지!"

"뭘?"

"밤새 생각해 봤어. 잠이 안 오더라고. 색깔 도둑이 너한테 놓으라고 소리쳤다 그랬지?"

"어……."

"뭘 놓으라는 건지 말했어?"

"내가 쥐고 있는 뭐겠지. 나도 몰라."

"바로 그거야. 네가 계속 움켜쥐고 있었잖아. 그 끔찍한 날을."

토비가 의기양양하게 말했다.

"무슨 말이야."

몸이 덜덜 떨려 왔다. 토비의 모습은 옆집 차고에 조금 가려졌고 얼굴은 쐐기 모양 은색 빛에 반으로 나뉘었다.

"놓아 버려야 해. 줄곧 마음속에 끌어안고 있었잖아. 이제 놓아 버려야 해."

"못 해, 토비."

침대의 안전한 온기 속으로 다시 기어들어 가고 싶었지만 몸이 딱딱하게 얼어붙었다.

"할 수 있어. 내가 알아. 넌 할 수 있어."

토비가 고집을 피웠다.

비가 내리기 시작했다. 보슬비가 불타는 내 얼굴을 식혀 주었다.

"제발."

토비가 내 손을 꼭 쥐고 강을 향해 부드럽게 끌었다.

"그러지 말고 한번 해 봐. 밴으로 가자."

어둠이 모든 것을 압도했다. 어디가 진흙이고 어디가 강인 지 분간이 안 됐다.

"손전등 가져올걸. 너무 급하게 나오느라 깜빡했네."

토비가 말했다.

우리는 물 쪽으로 가지 않으려 주의하며 천천히 어둠을 뚫고 움직였다. 나는 토비의 휠체어 손잡이를 쥐었다. 토비가 아니라 나 스스로를 꼭 붙들기 위해서였다. 철썩철썩 토비의 손바닥이 규칙적으로 바퀴를 때리는 소리를 뚫고 푸드덕거리는 날갯짓 소리가 들렸다. 스파이크의 깃털이 떠올랐다. 깊은 밤 어딘가에서 어미 백조는 뜻밖의 모든 침입자로부터 새끼를 보호하고 있을 것이다. 어미 백조의 존재에 마음이 놓였다.

"토비, 다음에 다시 오자. 지금은 못 하겠어. 하고 싶지 않아……."

내가 작은 소리로 말했다.

하지만 토비는 이미 밴 뒤로 바퀴를 굴려 휠체어에서 내리도록 도와 달라는 손짓을 보냈다.

토비와 내가 밴에 들어간 순간 구름이 열리며 지붕 위로 비가 퍼붓기 시작했다. 우리는 서로 반대편에 기대어 앉았다. 발끝이 맞닿았다.

"밤이 참 좋지 않아? 왠지 사물이 달라 보여. 낮보다 더 현실적이야. 가장 중요한 일은 세상이 잠든 사이에 벌어진다는 느낌이 들어."

토비가 나지막이 말했다. 맞는 말이었다. 밤에는 무언가 마법 같은 것이 있었다. 밤 동안에는 시간의 추가 멈추었다. 평상시의 속도로 새어 나가지 않았다. 밴 안은 안락한 평화로 가득했다.

그러나 이제 내가 하게 될 일을 깨달은 순간 거미들이 날뛰었다. 거미들은 잠에서 깨어나 배 속을 기어올랐다. 높이 더 높이 내 마음속 작은 칸, 그날을 담은 기억 상자를 향해.

"정말 괴로운 일이겠지만 그래도 해야 해."

토비가 내 마음을 읽은 듯 말했다.

"나도 했잖아, 이지. 나는 너보다 훨씬 졸보인데도."

"왜 이래."

내가 입을 열었다. 토비에게 하고 싶은 말은 분명했다. 이미 머릿속에서 나올 준비를 마친 상태였다. 너는 내가 아는 가장 용감한 사람이라고, 너와 같은 사람들을 위해 설계되지 않은 세상에 믿기 힘들 정도로 잘 맞서고 있다고, 그리고 너는 내 마음을 이해해 준 첫 번째 사람이라고 말하고 싶었다. 그런데 놀랍게도 나는 전혀 다른 말을 시작했다.

"여름 방학이 시작되기 바로 전날이었어. 우리는 방들을 손보고 있었고 온 집 안에 페인트 냄새가 진동했어. 난 내 방을 샛노란 색으로 칠하고 싶었어. 그러면 일 년 내내 여름 같으니까. 학교 끝나고 집에 와 보니 엄마가 노란색 페인트를 여기저기 뚝뚝 흘려 놓고 있었어. 엄마는 집 안 단장을 전부 엄마 손으로 직접 하겠다고 우겼어. 그냥 벽만 칠한 게 아니었어. 엄마는 진짜 화가거든. 내가 태어나기도 전부터 내 방에 내 인생의 중요한 순간들을 벽화로 그리겠다는 엄청난 생각을 했어.

'네가 자라는 거에 맞춰서 계속 그림을 추가할 거야.'

내가 말귀를 알아들을 정도의 나이가 됐을 때 엄마가 설명해 줬어. 첫 번째 그림은 내가 태어나던 날, 다 같이 병원에 있는 모습이야. 난 엄청 크게 태어났어. 병동에서 제일 큰 아기였대. 날 때부터 머리숱도 많았고. 엄마가 우리 셋을 그렸는데 선 하나하나 온 정성을 다해 그려서 꼭 진짜 같았어. 배경에는 간호사들하고 빽빽 울어 대는 다른 아기들까지 그려 놨어.

그다음 그림은 내가 세 살 때 직접 머리를 자르겠다고 했을 때야. 나는 머리카락이 온통 삐죽삐죽 우스꽝스럽게 솟은 채로 잔디에 앉아 있어."

"스파이크처럼?"

"어, 그래. 그다음은 학교에 입학하던 날, 몸집만 한 가방을 메고 있는 내 모습이야. 그런 식으로 그림이 계속 이어지다가…… 그러다가 그날이 됐어.

엄마가 나더러 가만히 포즈를 취해 보라고 했는데 나는 마음이 급했어. 엄마가 날 연주회에 데려다줘야 했거든. 가는 길에 루도 같이 데리고. 그래서 얼른 옷 갈아입고 이것저것 챙겨야 했어. 난 엄마 때문에 화가 났어. 입을 만한 원피스라곤 파란 원피스 하나밖에 없는데 다림질도 안 해 놨잖아. 그런데도 리아 선생님이랑 얘기하느라 전화만 붙잡고 있었어. 선생님이랑 엄마는 화실을 같이 썼거든. 난……."

"넌?"

"난 우리 엄마가 루 엄마 같으면 좋겠다고 생각했어. 루 엄마는 항상 루한테 돈도 잘 써. 나랑 루를 영화관, 놀이동산, 쇼핑몰…… 하여간 멋진 데 많이 데려갔어. 그런데 우리 엄마는…… 덜렁대고 어수선했어. 엄마는 발달 장애 아이들 보조 교사로 일했는데 맨날 헐렁한 티셔츠에 청바지 차림이었어. 그리고 그날도 저녁 준비는 안 해 놓고 그냥 달걀과 칩을 먹자는 거야. 부엌에 가서는 날 웃겨 보겠다고 그 유치한 코끼리 모양 달걀프라이 틀을 꺼냈어. 엄마가 가르치는 학생이 준 거였거든. 난 입을 옷도 없고 그러고 있을 시간도 없어서 엄마한테 짜증이 치밀었어. 다 먹고 준비를 마쳤을 때는 완전 늦어 버렸지."

고요한 밴 안의 나는 내 목소리가 떨리는 줄도 몰랐다.

"그래서 어떻게 됐어?"

"엄마 차에 탔어. 원래 할아버지가 타던 차였는데 난 그 차를 좋아했어. 갈색 시트에서는 여전히 가죽 냄새가 나고 앉으면 깊숙하고 푹신푹신했어. 아빠는 항상 뿌듯해하면서 그차야말로 진짜 클래식 카라고 했어. 그 차에 타면 대저택으로 돌아가는 시골 영주의 부인이 된 기분이었어. 그런데 그날은 연주회에 못 갈까 봐 그 걱정뿐이었어.

나는 엄마한테 계속 지름길로 가라, 더 빨리 가라 안달을 부렸고 엄마는 주유소를 지난 다음 질러 가는 길을 택했어. 루네 집 앞길에 거의 다 갔을 때였어. 거울을 보면서 립글로스를 바르고 있는데 교차로 저쪽 오른쪽에서 보라색 차가 우리 쪽으로 달려오는 게 보였어. 당연히 엄마도 봤을 줄 알았는데 아니었나 봐. 신호가 아직 초록색으로 안 바뀌었는데옆 차가 출발하는 걸 보고 엄마가 액셀을 밟았어."

나는 숨을 내쉬었어. 그리고 불현듯 내 말이 갈수록 빨라지고 있다는 걸 깨달았어. 입이 바싹바싹 말랐지만 여기까지말했으니 멈출 수도 없었어.

"순간 오른쪽으로 보라색이 번쩍하더니 엄청난 충격이 느껴졌어. 모든 게 한순간이었어. 고개를 돌려 엄마 얼굴을 봤어. 절망적이고 끔찍한 공포로 가득했어. 그리고 다 새까매졌어."

기억의 퍼즐

"다 새까맣게 변하고 그날이 그렇게 끝나 버린 건 아니지?"

토비가 물었다.

"어, 그런 건 아니었어. 그런데 진짜, 진짜 그러길 바랐어. 겨우 한 일 분쯤 정신을 잃었을까. 정신을 차리고 보니까 나는 같은 자세로 그대로 앉아 있었어. 사방이 무시무시하게 조용했다가 별안간 온갖 소리가 쏟아졌어. 경찰차 소리, 구급차 사이렌, 사람들의 고함, 차들이 속도를 줄이는 소리. 연기가 나고 불빛이 깜빡이고 기름하고 고무가 섞인 지독한 냄새가 나서 토할 것 같았어.

뭔가 단단히 잘못됐다는 걸 알았지만 머뭇거렸어. 그러다 오른편 운전석 쪽으로 고개를 돌렸어. 엄마가 운전대 위에 머리카락이 온통 쏟아진 채로 얼굴을 처박고 있었어. 핏기가 하나도 없는 왼쪽 팔에 노란 페인트가 점점이 뭉개져 있었어.

그런데 엄마 오른쪽 문이 사라져 버렸고 남아 있는 건 다 빨갰어. 빨간색이 너무너무 많은 데다 무시무시한 속도로 퍼져서 더는 쳐다볼 수가 없었어.

나는 앉은 채로 엄마 왼쪽 팔 안쪽 부드러운 살에 묻은 노란색 작은 얼룩만 바라봤어. 반쯤은 의식이 있다고 생각했는데 그때였어. 그림자 인간이 나타나서 나를 데려가려고 했어. 나는 엄마 곁을 떠나기 싫었어. 팔다리가 납처럼 무거웠어. 나는 그림자 인간이 소리치는 것도, 빨간색이 퍼지는 것도 막지 못했어. 나는 엄마를 도와주지 못했어. 엄마를 돕지 못했어."

"너도 병원에 갔어?"

"응. 목덜미가 쓰라린 거 말고는 멀쩡했지만. 나더러 '위치가 좋았다'고들 했어. 그 보라색 차가 안 부딪친 쪽을 말하나 보다 했어.

엄마는 위치가 나빴어. 엄청난 힘이 너무 순식간에 몰아쳐서 엄마는 고통도 못 느꼈을 거래.

그다음에 봤을 때 엄마는 빨간색으로 뒤덮여 있지도 않고 공포에 질린 표정도 사라졌어. 하얀색으로 평화롭게 누워 있었어. 엄마는 머리를 아주 심하게 다쳤어. 의사 말로는 혼수

176

상태라는데 그래도 심장은 계속 뛰고 있어. 뇌의 부종이 가라앉을 때까지 기다려야 한다는데 그게 언제가 될지, 괜찮아질지는 모른대. 내 잘못이야. 전부 내 잘못이야. 나는 그냥 바보같이 앉아서 엄마 손만 잡고 있었어……. 눈물도 안 나왔어. 이 세상 어떤 감정보다 더 힘든 최악의 감정인데도 눈물이 안 났어."

"여태껏 그랬구나."

토비 말이 맞았다. 그 일이 있고 난 뒤 처음으로 눈에서 눈물이 펑펑 쏟아지더니 볼을 타고 흘렀다. 너무 빨리 쏟아져서 손으로 닦아 내지도 못할 정도였다. 눈앞이 뿌옇게 흐려지고 콧물이 흐르고 몸이 들썩거렸다. 나는 흐느끼고 또 흐느꼈다. 무기력하게 누워 있는 엄마를 위해, 아빠와 아빠의 고단한 눈을 위해, 고모를 위해, 토비와 토비의 보물 상자를 위해, 그날 이전의 세상을 위해, 사라져 버린 모든 색을 위해, 그리고 아주 잠시 나를 위해 우는 나를 그대로 두었다.

"왜 이제는 눈물이 날까?"

"몰라……. 모르겠어."

"다 놓아 버렸으니까. 지금까지는 아무도 아무것도 몰랐잖아. 네가 아무한테도 말을 안 꺼냈으니까."

"내 잘못이니까."

"네 잘못 아니야."

"내 잘못 맞아. 내가 그놈의 연주회에 데려다 달라고만 안 했어도 그런 일은 안 일어났을 거야. 엄마를 몰아친 것도 나고, 원피스 안 다려 놨다고 시간 맞춰 저녁 준비 안 해 놨다고 짜증 낸 것도 나란 말이야!"

"너 때문에 사고가 난 게 아니야, 이지. 위험한데도 가라고 한 거 아니잖아."

"그래도 나 아니었으면 엄마는 거기 갈 이유도 없었어!"

"맞아. 모든 일은 서로 관련이 있어. 너희 엄마 일이 아니었으면 넌 지금 여기 내 옆에 앉아 있지도 않을 거야. 그렇다고 그게 네 탓은 아니야, 이지. 나도 차이만 아니었으면 차고 지붕 위에 안 올라갔을지 몰라. 그래도 난 한 번도 그 사고가 차이 탓이라고 생각한 적 없어."

"정말이야?"

"응. 네 탓이라고 생각하는 건 그냥 네 생각일 뿐이야. 사실하곤 상관이 없어. 네가 너만의 암흑의 날을 만든 거야. 아무튼 색깔 도둑이 처음 꿈에 나타난 게 언제야? 그날 무슨 일이 있었어?"

나는 곰곰이 생각했다.

"'루'라고 학교에서 제일 친한 애가 있는데 나한테 이상하게 굴었어."

나는 말을 하다 말고 그게 아니라는 걸 깨달았다. 그건 악몽을 꾼 다음 일이었다. 악몽을 꾸기 전날, 나는 사고가 일어난 뒤 처음으로 엄마를 보려고 병원에 갔다. 그런데 병실에 들어가지도 못하고 창 너머로만 엄마를 보았다. 다시 생각을 거슬러 올라가다 깨달았다. 그날 나는 처음으로 엄마가 다시는 집에 못 올지도 모른다는 것을, 그리고 그게 나 때문이라는 것을 제대로 받아들인 것이다. 그전까지는 엄마를 마주하지 않으며 그런 생각을 애써 외면하고 있었던 거다.

"넌 그 자리에 없었잖아, 토비……. 난 뭐라도 했어야 해! 더 빨리 대처했어야 해!"

"그래, 난 없었지. 너랑 너희 엄마 말고는 거기 아무도 없었지. 그렇다고……."

토비의 말이 끝까지 들리지 않았다. 불현듯 머릿속을 스치는 생각이 있었다. 토비의 말은 틀렸다. 그 자리에 다른 사람이 있었다. 사고를 목격한 사람, 무슨 일이 일어났는지 정확히 본 다른 사람이 있었다. 셸리 아줌마였다.

하늘에 아침 햇살이 번지기 시작했고 나는 다음 할 일이 떠올랐다.

"가자. 나랑 같이 누구 좀 만나야겠어."

내가 토비에게 말했다.

잠옷 바람에 불안한 얼굴로 문을 연 것은 루의 아빠였다.

"누구세요? 어, 이지구나. 무슨 일 있니? 괜찮아?"

"네, 네. 아줌마 계세요?"

내가 안절부절못하며 대꾸했다.

"그럼, 있지. 불러올게. 루한테 별일 있는 거 아니지?"

"네? 루, 집에 없어요?"

정신없이 오느라 루와 맞닥뜨리면 어떡할지는 머릿속에 있지도 않았다.

"루는 파자마 파티 갔어."

다행히 그 대목에서 셸리 아줌마가 아저씨 뒤에서 나타났다.

"이지, 무슨 일이야? 지금 몇 신데?"

아줌마가 어리둥절해서 물었다.

"막 6시 30분 됐어요."

토비가 시계를 보며 알려 줬다. 얼마나 이른 시간인지는 생각도 못 했다. 이런 황당한 시간에 들이닥치다니 부끄러웠다. 그렇다고 와 놓고 바로 가는 건 더 이상할 것 같았다.

"저…… 뭐 좀 여쭤보고 싶은 게 있어서요. 들어가도 돼요? 그리고…… 얘는 제 친구 토비예요. 토비도 같이 들어가도 돼요?"

나와 토비와 아줌마는 김이 모락모락 나는 찻잔을 감싸 쥐고 식탁에 앉았다. 루의 아빠는 루가 아무 일 없이 잘 있으며 이른 아침에 내가 찾아온 일과는 아무 상관 없다는 걸 확인하고는 이 층으로 올라갔다. 이 자리에 다시 앉으니 기분이 묘했다. 아무것도 변한 게 없었다. 루의 손에서 소스 병이 터져서 생긴 블라인드의 초콜릿 얼룩까지 그대로였다. 루와 나는 새해 전날 초콜릿 케이크를 만들었다. 그날이 까마득히 먼 옛날처럼 느껴졌다.

"반갑다. 루랑 이지랑 같은 반이니?"

셸리 아줌마가 토비에게 물었다.

"아직은 아닌데 내년엔 그랬으면 좋겠어요."

"그래……. 그런데 무슨 일이니?"

"사고 때문에요. 어떻게 된 일인지 알고 싶어서요."

나는 깅엄 체크 식탁보를 바라보며 말했다.

"어떤 부분 말이니, 이지? 너도 다……."

셸리 아줌마는 잠시 말이 없었다.

"보신 대로 얘기해 주실 수 있죠?"

"그야 그렇지. 그런데 그게 무슨 도움이 될지 모르겠네. 듣기 힘들 텐데. 이지, 내 생각엔……."

"도움이 될 거예요. 정말요."

토비가 말했다.

"어째서 그러니?"

"왜냐면……."

"하지 마. 아무 말도 하지 마. 아줌마가 얘기하게 해 줘."

내가 사정하듯 말했다.

셸리 아줌마는 눈을 감았다. 끔찍한 순간을 억지로 되살리는 듯했다. 침묵 속에서 몇 분이 흘렀다. 시간이 흐르면 흐를수록 내가 무슨 황당한 생각을 한 걸까 하는 의문이 들었다. 찍 내 의자가 바닥을 끄는 소리에 아줌마의 눈꺼풀이 파르르 떨리며 열렸다.

"말할게."

아줌마가 내게 다시 앉으라는 손짓을 했다.

"너희 엄마가 좀 늦겠다고 전화를 했어. 그래도 너랑 루를 공연장에 데려다줄 수 있으니 나는 안 가도 된다고 했어. 난 그날 병원에 있는 루 할머니한테 가 봐야 했거든. 그래서 루는 집에서 네가 오기를 기다리고 있었고, 나는 시내로 출발했지. 그걸 본 건 길 끝에 도착했을 때야. 너희 엄마 차가 신호를 받아서 교차로로 막 들어서는 순간 보라색 차 한 대가 오른쪽에서 날아왔어. 모든 게 순식간에 벌어졌어."

"신호가 바뀌었어요?"

"응?"

"엄마가 신호를 무시하고 그냥 나갔어요?"

"뭐? 아니, 당연히 아니지."

나는 혹시 거짓말은 아닌지, 진실로부터 나를 보호하려는 건 아닌지 알아내려는 간절한 마음으로 아줌마를 뚫어져라 쳐다봤다.

"신호등이 초록색으로 바뀌었는지 기억이 안 나요."

"아휴, 어떻게 그런 게 기억이 나겠니?"

"그래도 증거가 없잖아요. 나 때문에 엄마가 급하게 신호를 무시한 게 아니라는 증거요."

"증거? 그게 무슨 말이야? 너희 차는 신호등 맨 앞차가 아니었어, 이지. 다른 차가 앞에 있었어. 확실히 기억하는데 너희 바로 앞차가 빨간색 미니 쿠퍼였는데 간발의 차로 충돌을 피했어. 이게 신호를 무시한 게 아니라는 증거 아니겠니? 그 미니 쿠퍼 운전자도 충격을 받았는데 나만큼은 아니었나 봐. 구급차랑 소방차랑 부른 사람이 그 남자니까. 난 그러지도 못했어."

식탁 모서리에 작은 물방울이 툭 떨어지는 걸 보고서야 내가 또 울고 있다는 걸 알았다. 내 안 깊은 어딘가에서, 미처 가닿지 못한 깊숙한 어딘가에서 안도의 눈물이 밀려 나왔다. 셸리 아줌마가 내게로 몸을 기울여 나를 꼭 안았다.

"더 해 주세요. 제발 더 얘기해 주세요."

나는 아줌마에게 매달렸다.

"다른 얘기는 별로 없는데, 이지. 그러고 나선 차에서 연기

가 났어. 너무 뜨거워서 다가갈 수가 없었어. 그리고 곧 구조
대원들이 도착했어. 차에서 널 꺼내느라 애를 먹었지. 대원
한 명이 안전벨트를 자른 다음에 너를 들어 올렸어."

"초록색. 그 사람 초록색 옷 입었죠?"

"그런가? 그렇지. 구조대원 유니폼이 초록색이니까. 친절
하고 젊은 남자였어. 그 사람이 너를 들것에 눕히고 산소마
스크를 씌웠……"

"색깔 도둑이에요! 그 남자가 색깔 도둑이에요!"

내가 말을 끊었다.

"뭐라고?"

그 순간 흩어져 있던 악몽 속 이미지들이 마침내 이해할
수 있는 일련의 사건으로 재배열되었다. 그 남자는 연기가
치솟는 차 안에서 나를 끌어내기 위해 다가왔고 있는 힘을
다해 엄마에게 일어난 일을 못 보도록 나를 막았다. 나의 오
른쪽에 있는 엄마를. "오른쪽 보지 마!"라고 남자는 끊임없
이 되풀이해 말했다. 나를 의자에서 빼내느라 분명 안간힘을
썼을 테고 결국 성공했을 즈음에 나는 연기를 잔뜩 들이마셨
을 거다. 그때 산소마스크가 씌워졌고 남자는 나를 들것에
묶은 다음 구급차에 실었다.

"전부 구조대원이었어."

토비가 믿기지 않는다는 듯 말했다.

"너를 도와주려고 했던 거야. 안전한 곳으로 옮기려고."

"알아. 그런데 정반대로 생각했다니. 나를 해치려는 줄, 색깔을 훔치려는 줄 알았다니……."

"괜찮니, 이지?"

토비와 나의 말을 이해하지 못하고 아줌마가 물었다.

"괜찮아요. 감사해요. 정말 감사해요."

나는 조그맣게 대꾸했다.

애프터 상자

"너, 좀 달라 보인다."

프랭크가 말했다.

"그래? 어떻게?"

몇 주 만에 처음으로 학교로 향하는 발걸음이 가벼웠었다. 나는 천천히 걸으며 맑고 파란 하늘과 빨강, 노랑, 주황으로 물든 늦가을 낙엽의 빛깔을 한껏 흡수했다. 하늘과 나무의 색은 내 방 벽화의 색들을 거울로 비춘 것만 같았다. 색들은 돌아왔다, 당연히. 셸리 아줌마를 만나고 집으로 돌아온 다음 내 방으로 뛰어 올라가 확인했다. 색들이 그 자리에 있었다. 색깔 도둑이 나타나기 전과 완벽히 똑같은 모습으로. 물론 이제는 그 남자가 색깔을 훔치려는 게 아니었다는 걸 알고 있지만.

"글쎄, 그냥 달라. 좋은 쪽으로."

프랭크는 얼굴을 짙은 빨간색으로 물들이며 책상 밑으로 고개를 숙이고 바닥에서 뭔가를 줍는 척했다. 코맥 그리피스 무리가 봤다면 신나게 놀려 댔을 거다.

프랭크가 책상 밑에서 다시 나타나며 말했다.

"그거 떴어. 공식 발표 났어."

"뭐가?"

"교무실 문에 캐스팅 명단 붙었어. 물론 빅뉴스는 내가 조명 팀장이라는 거. 무대 뒤 조명실에 앉아 있을 거야. 알지? 반짝반짝하는 버튼들 있는 데. 커다란 스포트라이트를 빙빙 돌리고 마음에 안 드는 애가 있으면 머리에 짠 떨어뜨려야지. 너도 뭐 필요한 거 있으면 말해."

나는 눈을 흘겼다.

"농담이야. 내가 조명 팀장인 건 맞는데, 그게 빅뉴스는 아니고 빅뉴스는 네가 맥베스 부인이라는 거야."

"뭐, 진짜?"

난 프랭크를 와락 끌어안고 싶은 기분이었다.

"물론이지."

그 난리가 났는데도 윈치 선생님이 내게 역을 주기로 했다니 믿기지 않았다.

아침부터 출발이 근사했다. 그리고 낮이 되자 더 근사해졌다. 쉬는 시간에 하프리트가 다가오더니 말했다.

"저번엔 미안했어. 바보같이 내가 무슨 소릴 한 건지. 널 위험한 애라고 생각 안 해. 그냥 화가 난 거잖아. 그게 전부고 또 당연히 그럴 만했고. 혹시 그래서 뛰쳐나간 거야? 우리가 한 말 때문에?"

하프리트가 눈을 바닥에 고정하고 물었다.

"그건 그냥 일부야. 걱정하지 마."

모나를 포함한 아이들 몇이 내게 와서 축하 인사를 하는 바람에 다른 아이들도 캐스팅 명단을 다 확인했다. 모나는 맥더프 부인 역을 맡았다. 제미마는 전령 역을 맡았고, 루는 무대 장치 팀에 배정되었다.

교실 구석에서 루가 도끼눈을 뜨고 있는 게 보였지만 이젠 신경 쓰이지 않았다.

미술 시간에는 리아 선생님이 축하해 줬다.

"기쁜 소식 있더라."

꿈의 해석 프로젝트를 마무리하고 있는데 선생님이 다가와 말했다. 오늘은 내 그림 속 어두운 인물이 덜 위협적으로 보였다.

"엄마도 자랑스러워하실 거다. 분명 어떤 식으로든 축하하고 싶으실 거야."

선생님의 말을 듣는 순간 머릿속에 아이디어가 반짝 스쳤다.

"물감 좀 빌려주실 수 있어요?"

"그럼, 물론이지. 어디 있는지는 알지?"

선생님이 손으로 선반 쪽을 쭉 훑었다.

"감사합니다."

"그리고, 이지?"

"네."

"웃는 거 보니까 좋다."

그날 나는 가방에 아크릴 물감을 가득 담고 집으로 달려가 방바닥에 산더미처럼 쌓았다. 처음으로 한 일은 내가 암흑의 날을 그리며 만든 들쑥날쑥한 어두운 폭풍의 가장자리를 하얀색과 노란색으로 누그러뜨리는 것이었다.

그런 다음 옆쪽 빈 공간에 다음 장면을 그리기 시작했다. 나는 물기 어린 갈색 진흙으로 둘러싸인 강둑의 윤곽을 그렸다. 에메랄드그린 강풀과 강둑 주변을 뛰어다니는 마일로의 모습도 흐릿하게 그렸다. 그다음은 낚싯대 끝에 음식 조각을 거느라 바쁜 토비를 그렸다. 토비의 안경은 여느 때처럼 코끝에 흘러내려 와 있다. 나는 토비 곁에 앉아 바지를 걷어 올린 채 맨발로 강물을 헤치고 들어가 스파이크에게 먹이 줄 준비를 하고 있다. 그리고 스파이크는 바람에 깃털을 흩날리며 새집 베란다에 앉아 있다. 이 그림 옆에는 언젠가 그리게 될 특별한 빈자리를 남겨 두었다.

나는 그림을 찬찬히 살폈다. 엄마 발끝에도 못 미치지만 그래도 엄마는 좋아할 거다. 스파이크의 날개에 마무리 손질을 하고 있을 때 초인종이 울렸다. 문밖에는 토비가 입을 귀에 걸고 앉아 있었다.

"취직됐대! 우리 엄마 취직됐대!"

토비가 나를 보자마자 외쳤다.

"잘됐다! 그럼 여기 사는 거 확실한 거야?"

"응. 엄마가 첫 월급 타면 집수리할 거래. 일단 엄마 방부터 하고 그다음엔 내 방. 벌써 네가 도와줄 거라고 말해 놨는데. 괜찮지?"

"완전 좋아!"

하지만 당연히 우리는 먼저 우리의 사랑하는 백조 친구를 확인하기 위해 강으로 갔다.

"오늘 아침에 스파이크 봤어."

토비가 말을 꺼내다 말고 갑자기 말하면 안 되는데 하는 얼굴로 입을 꾹 다물었다.

주말 동안 갑작스레 추위가 몰려와서 발아래 진흙의 상당 부분이 얼음으로 변해 있었다.

나는 강물을 눈으로 훑었다. 백조들은 보이지 않았다.

"저기, 뭐가 있어."

토비가 스파이크 집 쪽을 가리키며 초조하게 말했다. 살금

살금 다가가 안을 들여다본 순간, 나는 픽 웃음이 터져 버렸다.

스파이크가 떡하니 집에 앉아 부리에 음식을 가득 채운 채 맛있게 먹고 있었다. 다른 녀석 두 마리가 먹이를 빼앗으려고 들어오려 버둥거렸지만 우리의 영웅은 틈을 주지 않았다. 스파이크는 녀석들을 날개로 밀쳐 냈고 한 차례 짧은 몸싸움 끝에 놀랍게도 녀석들을 물리쳤다.

"저거 어디서 났을까?"

아무리 봐도 스파이크가 무얼 먹는지 알 수가 없어서 토비에게 물었다.

"몰라."

토비가 어깨를 으쓱하며 말했다.

"나도 안 줬고 어미 백조도 안 보이니까 그렇다면 답은 하나겠지. 스파이크가 혼자 구한 거야."

"스파이크, 해냈구나!"

"당연하지. 이렇게 증거가 있잖아."

"스파이크 괜찮겠지? 그렇지?"

"그럼. 내가 뭐랬어. 필요한 건 약간의 도움뿐이라니까."

맥베스는 크리스마스를 앞둔 방학 전 마지막 주에 공연될

예정이었다. 공연에 관해 밀턴 중고등학교는 늘 색다른 점을 고수했다. 다른 학교들은 크리스마스 연극과 캐럴 연주회를 열었지만 우리는 셰익스피어를 공연했다. 나는 기뻤다. 공연을 준비하는 한 달 내내 리허설이 빽빽이 들어차 있었다. 수업이 끝난 뒤 거의 매일 연습이 있었고 나는 거의 모든 연습에 참석해야 했다.

잠시 시간이 날 때면 토비의 방 수리를 도왔다. 애나 아줌마와 나는 낡고 투박한 토비의 침대를 해체한 다음 새 침대를 넣었다. 토비가 쉽게 들고 날 수 있는 자그마한 것이었다. 오래된 보일러 벽장을 뜯어내고 토비가 학교 숙제며 공작 따위를 할 수 있는 새 책상도 놓았다.

방을 나오다가 토비 방에 넣으려고 복도 끝에 모아 둔 잡다한 물건 더미에서 상자 하나를 발견했다. 안에는 붓 두어 개와 애나 아줌마가 일하는 새 레스토랑의 메뉴, 스파이크의 집을 만들고 남은 나뭇조각, 토비가 찍은 베란다의 스파이크에게 먹이를 주는 내 사진이 있었다.

상자 옆에는 이렇게 쓰여 있었다. 애프터 상자.

그리고 물론 나는 엄마를 만나러 갔다. 엄마는 같은 침대에 그대로 누워 있었다. 껍데기만 남은 그림자 같은 모습으로. 그래도 며칠 전 의사는 아빠에게 엄마 뇌의 부종이 가라앉았다고 했다. 좋은 신호였다. 언제 혼수상태에서 깨어날지 기약할 순 없지만 정말 그럴 수 있다는 희망이 생겼다.

엄마 병실을 보는 것이 더 이상 두렵지 않았다. 기계 소리도 잘 들리지 않았다.

얼마 전에는 스파이크의 깃털을 엄마에게 가져다주었다. 엄마 손가락 사이에 깃털을 뱅뱅 돌리며 얼마나 튼튼하고 부드러운지 느껴 보게 했다. 그리고 깃털을 작은 꽃병에 꽂아 침대 머리맡 탁자에 두었다.

"사람들은 엄마가 약하다고 생각할지 몰라. 못 해낼 거라고……. 그런데 사실 엄마는 엄마 생각보다 더 강해. 어떨 땐 그냥 약간의 도움이면 충분해. 이거 스파이크한테서 가져왔어. 스파이크가 산증인이니까. 엄마도 스파이크도 서로 진짜 맘에 들어 할 거야."

말을 하다 보니 머릿속에 엄마와 함께 강둑으로 가서 스파이크를 소개해 주는 장면이 펼쳐졌다. 우리가 강둑에 가면 스파이크는 날개를 활짝 펼 거다. 이제는 새하얘진 날개를. 어쩌면 처음에는 짧은 거리를 잠시 날지도 모른다. 처음부터 쉬운 일은 없으니까. 스파이크는 또다시 날갯짓을 할 테고 그때마다 조금씩 더 높이 날아오를 거다.

오늘 난 엄마에게 맥베스 부인을 연기할 생각을 하면 너무 흥분되고 또 너무 두렵다고 말하며 무대에 오르기 전 늘 그랬던 것처럼 엄마의 손을 꼭 잡았다. 엄마도 내 손을 같이 쥐어 주진 못했지만 귓가에 엄마가 늘 하던 말이 들리는 것 같았다.

"무대를 아주 날려 버릴걸? 박수 소리 때문에 귀 안 멀게 조심해."

마음속 깊은 곳에서는 나도 알고 있었다. 두려워할 것 없다는 걸. 아무것도.

행운의 깃털

무대의 막이 오르는 밤이었다. 나는 프랭크와 함께 커튼 뒤에 있었다. 프랭크는 무대 뒤 조명실을 지키고 있었다.

"완전 얼었네."

"입 다물어라, 프랭크."

"끝내주게 잘할 줄 아니까 하는 소리야."

"연습을 충분히 못 했어. 동선 까먹으면 어떡하지? 대사 까먹으면 진짜 폭망인데."

"잘하잖아. '사라져라' 두 번 반복하는 것만 기억하면 돼. '사라져라, 사라져라. 저주받은 핏자국이여.' 하고 말이야. 금요일에 틀렸던 건 그거밖에 없잖아. 나머지는 다 외웠고."

프랭크는 지난주 내내 학교 끝나고 저녁까지 남아서 장면 마다 내 위치를 지시하고 대사를 확인해 줬다. 프랭크가 아니었으면 절대 시간 내에 다 못 외웠을 거다.

"가! 네 차례야, 네 차례!"

프랭크가 앞으로 나가라는 손짓을 했다.

모든 것이 순식간에 펼쳐졌다. 고작 두 발짝 나서고 나니 별안간 조명이 나를 비추었고 나는 조금의 의심도 없이 할 수 있다는 생각이 들었다. 나는 더 이상 밋밋한 회색이 아니었다. 총천연색으로 채색된 느낌이었고 엄마를 위해 이 연극을 해내고 싶었다. 드레스의 코르셋이 몸을 꽉 조이고 이마에는 땀방울이 맺혔지만 상관없었다. 대사는 정해진 대로 흘러나왔다. 나는 무대 위를 유유히 누비며 토씨 하나까지 그대로 기억해 냈다. 다만 다른 점이 하나 있었다. 맥베스 부인의 죄책감은 상상에 의지해야 했다. 죄책감은 오랜 기간 너무나 잘 알고 있던 감정이지만 이제 난 나와 맥베스 부인이 다르다는 걸 안다. 맥베스 부인은 고의로 사람들을 해쳤고 그건 나에게 전혀 해당하지 않는 일이다.

무대가 끝나고 어렴풋이 박수 소리가 들렸지만 아직 끝이 아니었다. 마지막 커튼콜이 끝나고 나서야 나는 제대로 숨을 쉬고 관객석을 볼 수 있었다. 나는 중요한 관객들을 찾았다. 관객석을 한 줄 한 줄 샅샅이 훑었다. 그리고 발견했다. 앞줄, 나와 눈을 맞추며 엄지손가락을 들어 올리는 중사 바로 뒤에 있었다. 군복이 아닌 평상복을 입은 중사는 훨씬 덜 무서워 보였다. 토비가 미친 듯이 휘파람을 불며 박수를 치고 있었다. 토비 옆에선 애나 아줌마와 고모, 고모부의 얼굴이 뿌듯함으로 빛났다.

그리고 토비의 다른 쪽 옆으로는 아빠가 일어서서 내게 박수를 보내고 있었다. 아빠는 나와 눈이 마주치자 윙크를 했다.

공연이 끝나고 모나와 하프리트가 코르셋 벗는 것을 도와주는 동안 아빠는 대기실 앞에서 나를 기다리고 있었다.

"기대했던 것보다 훨씬 더 어마스틱했어. 루도 그러더라."

아빠의 눈에서 진짜 웃음이 보였다.

"루가 왔어?"

"응. 엄마랑 같이 와서 내 자리 몇 줄 뒤에 앉아 있었어. 그리고 사이먼 아저씨 온 거 봤어? 부인이랑 같이 왔는데. 지금까지 본 맥베스 중에서 최고의 맥베스 부인이라더라."

아빠는 일주일 전부터 다시 출근하기 시작했고 프로젝트는 잘 진행되고 있었다. 엘리펀트 프로젝트는 벌써 봄에 케냐로 가서 새로운 코끼리 보호 구역을 방문하고 어떤 도움이 필요한지 알아볼 계획을 세우고 있었다.

아빠가 내 귀에 대고 소곤거렸다.

"엄마는 항상 널 무지무지 자랑스러워했어. 알지? 엄마도 이번 공연 엄청 좋아했을 거야."

순간 심장이 마구 뛰었지만 나는 아빠의 손을 꽉 쥐고 고개를 끄덕였다. 아빠의 말이 사실인 걸 알기 때문이었다. 엄마는 분명 박수를 쳤을 거다. 어느 때보다 크게. 내일 엄마에게 가서 어떻게 됐는지 다 얘기해 줄 거다. 그리고 정말, 왠지는 몰라도 정말, 엄마도 다시 좋아질 것 같다. 엄마는 단지 약간의 도움이 필요할 뿐이니까.

공연장을 나서는데 반 아이들이 몰려와 다들 축하 인사를 건넸다. 무리 가운데는 윈치 선생님도 있었다. 선생님은 나와 악수를 하며 말했다.

"내년엔 너에게 무슨 멋진 역을 맡길지 벌써 마음속에 정해 놨단다!"

그리고 고모가 다가와 나를 안았다.

"얼마나 멋있었는지 말로는 표현을 못 하겠다."

고모가 왼쪽 눈을 쓱 문지르자 마스카라가 번졌다.

"보고 싶을 거야."

"무슨 말이에요?"

"음, 내가 없어도 너랑 아빠랑 잘 지낼 것 같아. 그래, 잘 지내고말고. 그리고 알지? 필요할 땐 언제나 전화하렴. 언제든지 곧장 달려올게."

"네, 알아요. 그동안 같이 지내 주셔서 감사해요. 엄청난 차이가 있었어요."

나는 고모를 향해 웃었다. 고모의 도움이 정말 컸다는 걸 깨달은 까닭이었다.

"그렇게 말해 주니 듣기 좋다, 얘. 근데 그거 아니? 몇 주 있다가 우리 또 만난다. 크리스마스에 다 같이 너희 집에 갈 거야."

"우리 집에 오실 거예요? 좋아요."

"그래, 너만 괜찮다면. 그리고 토비 엄마랑 토비도 초대할 생각이야. 원래 북부로 가려고 했었는데 안 가기로 했대."

크리스마스는 생각도 못 했다. 크리스마스가 머지않았다는 건 당연히 알고 있었지만 엄마가 아직 병원에 있는 상황이라 상상이 안 됐다. 크리스마스는 늘 우리 넷이서 보냈으니까. 엄마, 아빠, 나 그리고 마일로.

주차장 구석에서 토비가 기다리고 있었다. 마일로는 토비 무릎에 잠들어 있었다.

"여기에 익숙해져야 할 텐데 말이야. 다음 학기엔 나도 여기서 시간을 많이 보낼 테니까."

"입학 허가 받았어?"

배 속에서 불꽃이 터지는 기분이었다. 이 말을 전하려고 그렇게나 오래 나를 기다렸다는 게 믿기지 않았다.

"응. 너희 학교가 휠체어 경사로랑 출입구 테스트를 다 통과해서 나도 1월부터 여기 다녀."

"말도 안 돼!"

"나, 네 옆자리에 앉게 해 줄 거야?"

'그럼!' 하고 대답하려다 내겐 이미 매우 충성스러운 짝이 있다는 사실이 떠올랐다.

"그래. 지금은 프랭크가 옆에 앉긴 하지만……."

"아, 조명실에 있던 애?"

"프랭크 알아?"

"공연 끝나고 잠깐 얘기했어. 괜찮은 애 같더라. 그냥 농담 한 거야. 어디 앉든 무슨 상관이야. 지금까지 만난 애들 다 좋아 보였어."

"맞아."

진심이었다. 루처럼 예외가 있긴 하지만. 이상하게 루도 이제는 나를 그렇게 괴롭히지 않았다. 과거의 루는 암흑의 날 이전의 세계에 속한다. 어쩌면 언젠가 루가 돌아올지도 모르지만 지금 나는 루 없이도 잘 살고 있다.

그 후로도 약 삼십 분 동안 나는 연극을 보러 온 사람들과 포옹하고 수다를 떨었다. 그리고 여전히 승리의 쾌감에 도취되어 토비 옆에서 깡충거리며 집으로 향했다. 아빠와 고모, 애나 아줌마는 몇 걸음 뒤에서 우리를 따라왔다.

이내 웃음소리와 함성이 멀어지더니 들리는 것은 보도블록 위를 구르는 토비의 휠체어 소리뿐이었다. 나는 숨을 들이쉬며 차가운 12월 밤의 냄새를 음미했다. 그리고 나의 상상일지도 모르지만 강 쪽 어딘가에서 어렴풋이 푸드덕푸드덕 날갯짓 소리가 들려왔다. 나는 모두를 향해 누가 대장인지 증명해 보이는 스파이크가 아닐까 생각했다. 내 행운의 깃털은 바로 저 날개에서 왔다.

슬픔을 지나는 법

살다 보면 끝이 보이지 않는 어두운 터널을 지날 때가 있습니다. 감당할 수 없는 슬픔이 온몸을 무너뜨리고 사방은 온통 암흑뿐이어서 어찌해야 할지 알 수 없는 그런 시간이 이어지지요.

여기 터널 한가운데를 지나는 소녀가 있습니다. 몇 달 전 차 사고를 당한 엄마는 혼수상태로 병원에 누워 있고, 유치원 때부터 단짝이었던 친구는 한순간에 차갑게 돌아섰지요. 소녀는 밤마다 악몽에 시달립니다. 그리고 눈을 뜨면 엄마가 그려 준 벽 그림에서 색깔이 하나씩 사라집니다.

주인공 이지와 엄마는 연주회를 가던 중 교통사고를 당합니다. 그 후 이지는 사고가 자기 때문인 것 같아서, 엄마가 그렇게 된 것이 자기 탓인 것만 같아서 죄책감에 시달립니다. 그날 엄마에게 원피스를 안 다려 놨다고 신경질 내지 않았다면, 시간 맞춰 저녁 준비를 안 해 놨다고 짜증 내지 않았다면, 늦었다고 지름길로 가라고 재촉하지 않았다면 상황이 달라지지 않았을까 끝도 없는 자책에 빠지지요.

어렵사리 병원까지 갔다가도 차마 엄마 얼굴을 마주할 용기가 없어서 돌아옵니다. 터질 것 같은 마음을 누구에게라도 털어놓고 싶지만 아빠는 아빠대로 자신의 어려움을 헤쳐 나가느라 마음의 여유가 없지요.

악몽에 시달리고 일어나면 사라지는 벽화의 색들은 이지의 심리 상태를 잘 보여 줍니다. 이지가 태어난 후부터 엄마가 중요한 사건을 하나씩 그려 놓은 벽화는 이지의 삶, 이지의 세상을 의미하지요. 그런 벽화에서 색이 사라지는 것은 무채색으로 변해 가는 이지의 세상을 나타냅니다. 이지는 어찌할 수 없는 슬픔과 죄책감 속에서 무력하게 우울의 늪으로 빠지고 있습니다.

하지만 구원은 뜻하지 않은 곳에서 찾아옵니다. 이웃에 이사 온 소년 토비는 스케이트보드 사고로 하반신이 마비되어 휠체어를 타고 다닙니다. 이지는 토비와 함께 매일 강가로 가 무리에서 따돌림당하는 허약한 새끼 백조 스파이크를 돕기 시작하지요. 스파이크가 제대로 살아갈 수나 있을지 걱정하는 이지에게 토비는 말합니다. 할 수 있다고. 스파이크에게 필요한 건 약간의 도움뿐이라고요.

토비와 이지의 작은 도움으로 스파이크는 멋진 백조로 성장하고 당당히 제힘으로 하늘을 힘껏 날아오릅니다. 토비와 이지는 그런 스파이크에게서 희망을 찾으며 절망을 딛고 일어설 힘을 얻습니다. 이지는 점점 용기를 내 암흑의 그날을 응시하고 사라졌던 색깔들을 되찾게 되지요. 스파이크와 토비, 이지 모두 각자의 어두운 터널을 통과하고 삶의 다음 단계로 발을 내딛습니다.

앞으로도 터널은 또 나타날지 모릅니다. 삶에는 예상치 못한 일들이 불쑥불쑥 일어나고 영원할 것만 같았던 관계가 한순간에 깨지기도 하니까요. 하지만 기억하세요. 토비가 스파이크에게 행운의 깃털을 나눠 준 것처럼, 이지가 스파이크의 깃털을 소중히 간직한 것처럼 우리에게 필요한 건 약간의 도움뿐이라는 것을요.

장혜진

어느 날 색깔이 사라졌다

펴낸날 | 초판 1쇄 2021년 11월 23일

글 | 이와 조지프코비치   옮김 | 장혜진
편집 | 곽미영   디자인 | designforme

펴낸곳 | 봄의정원   등록 | 제2013-000189호
주소 | 03935 서울시 마포구 월드컵북로 260, 31-309(성산동)
전화 | 02-337-5446   팩스 | 0505-115-5446
이메일 | eunok9@hanmail.net

ISBN 979-11-6634-022-2 43840